幸運の蹄鉄

——時代——

松永澄夫

東信堂

目次／幸運の蹄鉄――時代――

幸運の蹄鉄――時代――

幸運の蹄鉄

A　幸運の蹄鉄

1．幸運の蹄鉄

幸運の蹄鉄

異国でもらった　幸運をもたらすという蹄鉄
赤く錆びた蹄鉄、
それを湖に沈める。

さようなら
さようなら。
信じることを　やめてしまった　私は。

娘は逝ってしまったから、　母を遺して。

なんと酷《むご》いこと。
細い体のまま
青白い頬のまま
窪んだ　静かすぎる目で
ベッドの上の天井を見てるだけは　飽きただろうに。

パジャマを脱ぎ捨て　真っ赤な服を着て、
麦わら帽子で　太陽の下を
もう一度　闊歩《かっぽ》したかったろうに。

笑い声がこだまする夏が再び訪れることはない。
蹄鉄が金色に燦《きら》めいて　躍る馬
その馬のような幸運を見ることないままに

娘は逝ってしまった、　恋も知らないままに。
冷たい湖の底に　赤錆びた鉄の半分の輪が　沈んでゆく。
さよなら。

その母も　もう　いない

その母も、もう　いない。
娘の面影を探し、
虚ろな目で　遠い景色ばかりを見ていた母
溜め息ばかり。

息子は案じた　母を
砂漠に　もう一度　幸運の蹄鉄を求めに行くという母を。
砂漠から帰って来ないのではないか　と。

果たして　母は遙かアルジェリアに赴き
巡礼の列に加わるとのみ知らせて、
後《のち》、便りもよこさず、一月《ひと》、二月《ふた》が経った。

そして　半年余り。
ビザも　もう切れたはず、
何処に居るのか。
路銀もないはず。

なす術《すべ》もなく
想うことをなるべく遠ざけることに少しだけ馴れた頃
母は姿を現わした。
やつれて
一層　虚ろになって。

A　幸運の蹄鉄　8

何も語らず。

或る日　ひっそりと出かけた。
湖へ、
幸運の蹄鉄を沈めた湖へ。

娘に会うために。

学生さん　生きるんだ！
遺された息子に言う人あり、
学生さん、生きるんだ！

鉄橋を渡る列車の音が　誘う、
遠くに行こう！

遠くに行こう！

母も妹もいない。
息子は出かけた、幸運を掴《つか》むために
南国へ。
北の方は淋《さみ》しかろう。
冷たい湖は静か過ぎる。
太陽の下で　海で　思いっきり笑おう
弾けるように笑いたい。

陽に焼けた若者は恋をした
同じように褐色の肌をした娘に。
娘も　応えてくれた。
ふと気づくと　娘の胸に
幸運の蹄鉄の形をした金色のペンダントが光っていた。

2. 追憶

海辺——眩しかった夏——

若者は　褐色の肌をした娘と　子どもを　もうけた。
子どもはすくすくと育ち

浜辺で　白い貝殻を拾って遊んだ。
貝殻を並べ　貝殻の輪の周りをまわった。

海は眩しく
白い波が　やさしく砕け
浜をするすると　滑るように登り来て
貝殻の輪を　ひたした。

ぶくぶくと　白い泡が生まれた。
波が引くと　薄緑色の跡が　一瞬だけ
鈍く光った。

若者は　浜の上で
海と波と貝殻と　我が子を目の端で捉えながら
そよ風の愛撫にひたり
幸せが歌うのを聞いた。

そして　海と空の青さに吸い込まれそうで
敢えてその魅力に逆らって　立ちあがり
息子の方に歩いていった。

息子を抱きかかえ　高く！

息子の腹に頬をこすりつけると
白い貝殻が波に向かって　飛んだ。
息子が投げたのであった。
キャッ　キャッと笑い
父親の髪をくしゃくしゃに掴み
……

あれは
光　溢れていた　夏。
帰り来ぬ　夏。

会話

一八歳の春、
息子は旅だった　都会へ。

北の都会へ。
無関心な群衆がいるとも知らず。

妻であり　息子の母である　かつての褐色の肌をした娘は
目を細めると　目尻の皺が目立つようになっていた。

静かね　と　妻は呟《つぶや》いた。
ああ　そうだね。

海さえ静かに思える。

あの子も　失恋とかするのかしら。
あの子も　って、君は失恋したのかい？　ぼくに会う前に。
さあ、覚えてないわ。
覚えてないはずはないさ、したんだったらね。

ぼくは……
別れの痛みだったら　知ってる、
君のおかげで　鋭くはなくなったけどね。
けど、君とだって　いつか別れがくる。

怖いね。息子との別れは　祝福すべきだけどね。
未だ早いわ、そんな話。

ペンダントを見せてくれる？
ああ　あのペンダント！
君という幸運を運んでくれたよ。
時々　見たい。安心できるというか。

過ぎた季節

海辺の町に来たのは　春だった。
独り、見知らぬ町に
南国というだけで
あてずっぽうで　来た、
何とかなるさ、と。

仕事を見つけた。
仕事を離れた時間は　独りだった。
太陽が　がらんどうの心を　少しだけ温めてくれた。

浜辺は　散歩道。
歩く、歩く。
夜の孤独を

A　幸運の蹄鉄　16

波が、その音が
孤独を強め
孤独を宥《なだ》め

眠れずにいる夜を短くしてくれた。

海の水は
この塩辛い水も
あの湖の水につながっているのだろうか。

馬鹿なことを考える。
そんな春から初夏。
春なのに、
夏も生まれたというのに。

冷えた心を抱えて
時々　浜辺で蹲《うずくま》っていた。
風は湿っていて
海は泣いていた、暗い青さで。

追憶は木漏れ日のごとく

追憶は木漏《こも》れ日のごとく
金色の燦《きら》めきをまとって、
しかし　ひっそりと
空から降りてくる。

肘掛け椅子に深く腰をおろして
微睡《まどろ》む眼《まなこ》に

風は温かく
午後の時は流れる。

行動からの休息の時が多くなり
心に立ちのぼり映ずるのは　過ぎ来《こ》し方《かた》。
みんな静けさを従えて　明るくて　遠くて
ゆっくりと　姿を　情景を　見せる。

その情景の中で　私を見ている空色の眼差しがある
見られているのは私だ。
私の心に映ずるものすべてに、私の方をこそ見ている
ひっそりした眼差しが潜んでいる。
もう　いいんだよ、と語る眼差し。

痛みがなくなったわけではない、

けれども　多くの歓びが
痛みまでも織り込んで　贈り物のように訪れ来て
私の生命《いのち》を育《はぐく》んだ。
幸運を運んできてくれた　褐色の肌の娘も　いつかは去るときがきて
私の生命も　幸せを紡《つむ》ぎ終え　静かに去りゆくのだろう。
どちらが先か。

追憶は　ああ　いいんだよ　と語る。
愚かなことをしたことも
はしゃぎすぎた子どもっぽさも
誰かを傷つけたことも……
人のことで間違った選択をしたに違いないことも。
樹々の葉群《はむ》らの間で　ちらちらと戯れる光
金色の光　午後の光。

私の額で　光と影とが踊っているのだろう
私にはそれが分かる。
その踊りが
戯れが
私の心を満たす。
丈高《たけたか》い樹々の下で
光の沐浴《もくよく》。

B　南国で

四月下旬

彼は　じっと　もの想いに沈んでいるようにみえた。目が合うと、少し驚いた感じの直ぐあと、目で挨拶。少し微笑んだ。明るい感じの人だ。

私も礼儀で微笑み返し、それから目を逸らし、彼も目を逸らし、少しして　もう一度見ると、相変わらず顔の向きは運動場の方だった。だけど、園児たちを見ているふうではなかった。園児たちが目に映っているとしても、それは　ぼんやりとだったに違いない。

それは園長先生が私に言った後のことだった。

「ねえ、運動場のすぐ脇のアパートから、いつもこっちを見ている男の人がいるの。近ごろ引っ越してきたんだと思うけど、用心してね。子供たちに何かあったら大変だから。だいたいが、昼の日中《ひなか》に仕事もせずにいるって　変でしょう？　若い元気そうな男なんだから。ミッちゃんだって気をつけなさいよ。」

子供たちを見ているふうには見えないわ。何か考えごとしているだけのよう。確かに外をずっと見ていて、どうしてだろう　とは思うけど。

その後も同じような姿、様子を何度か見た。けれど、何かが起きるというわけでもなかった。

五月半ば

「あら」と私は思わず言った。「ああ」と　彼は返した。私は家の前の道沿いの生け垣の常磐《ときわ》マンサクを剪定していて、彼は夕刊を配達しに来たのだった。月曜日だったけど、昨日の遠足の代休で幼稚園は　お休み。

ああ、新聞配達してるんで、お昼前のああいう時間はアパートで休んでいるんだ、と直ぐに思った。仕事してないわけじゃないんだ。

ほっとした感じがして、緩む気持ちの自分に苦笑するような。

「ご苦労様」と、次の家に向かうバイク上の彼の背中に　明るく言う時間はあった。

「あ、いいえ」と彼は会釈して、バイクを走らせた。

それだけのこと。


それからも、彼がアパートから幼稚園の方を　ぼんやりと見るともなく眺めているというか、何か考え事しているのか、よく分からないけど、そういう姿を　時々は目にした。


それから、梅雨も過ぎ、夏も過ぎた。

梅雨には　けっこう太い雨が降り、園児たちはエネルギーを持て余し、晴れ間に運動場に出ると、小《ちっ》ちゃな長靴で　わざわざ水溜まりを歩いた。

夏、海は直ぐ其処だけど、海水浴の客もサーフィンを楽しむ人もいず、いつものように静かだった。この町はそういう土地柄なのね。

秋分の日の少し前

幼稚園が連休になる前、私は町の図書館に行った。読書の秋というわけではないけれど、夏の暑さも遠くなり、心が静かだった。

書棚で本を物色していると、なんと　彼が居た。いや、居ても不思議ではないんだけど。誰だって本を読みたくなるときは　あるんだもの。けれど、彼は首にぶら下げていた、図書館員を示すカードを。

ええっ　と思い、図書館の仕事にありつけたんだ、と驚いた。そんなに簡単なことではないでしょう?

彼も私に気づいた。

「ああ、何かお探しですか?」

「いいえ、特に当てはなくって、何か読みたいものが見つかるかも知れないと思って……。」

「そう、町の図書館は開架だから　いいですよね。」

開架って?　と思ったけど、黙っていた。

「本に直接に触れて、目次なんかを見て。そうやって、中身の見当がつきますから。」

ああ、そういうことー。短大の図書館では書庫というものがあって、其処には許可なくては入れなかったことを想い出した。カードでお目当てのものがあるか探すのが普通だった。けど、先に読みたい本があって、それを探すという遣り方は、自分たちには縁遠い気がしていた。

「表紙のデザインなんかで印象が決まりますよね」と　私は言葉を返した。

それから直ぐに、あ、図書館では余り声なんか出したらいけないんだ、と思った。

「そうですよね」と　彼も返し、それっきり。ワゴンの棚から本を所定の位置に返してゆく作業らしかった。


家に帰って、借りた図書を机の上に並べながら、意外だったからだろう、彼のことを想い出した。

そう言えば、近ごろはアパートに居る姿は見えなかったわねえ。で、新聞配達は？　夕刊があるから、図書館の仕事と両方は無理なんじゃないかなあ。

でも、よく図書館の仕事が……。そんなことって有り？

それに、中途半端な時期だよねえ。採用は普通は春、四月からじゃない？　余程コネでもあったんかしら。……でも、元々からの町の人ではないみたいだし。それは間違いないと思う。他《よ》所《そ》からふらっと来た感じ。

まあ、どうでもいいことだけど。

二週間近く後
本を返しに図書館に行った。返すだけにしようか。新しい本を読む時間はある？

ともかく返しましょう。

図書館で　チラッと　つい館内を見回した。彼がいないかどうか、気になってたみたい。

けど、見当たらなかった。もう止《や》めた？　それとも首？　ふうん　って感じ。

ところが、

十一月初め

また、連休。また、図書館。

彼が居た。

驚いたことに、彼は私に気づくと嬉しそうにした。そして、

「この前　借りられた本の作家の新しい翻訳が出たらしいです。入ってますよ。先輩に訊い

たら、まあ借り出されることも時々ある作家なので　入れたそうです。」

あのう、人がどういう本を借りたかなんて、覗いたらいけないいんじゃなくて？　と思ったけど、口にはしなかった。

けど、それが顔に出たのだろう、彼は慌てて言った、

「この前、書棚から取り出してカウンターの方に持っていかれた本が、偶々《たまたま》見えたものですから。済みません。その本の表紙の雰囲気で、ああ、この作家のものか、と分かってしまったんです。その作家の本が何冊も訳されて並んでいるのを見ました。そこから一冊分だけ抜き取られている形跡があって……。同じ出版社からのが多いですね。だから装幀が似たようなものなのかな。」

「ああ、そうですか。よく見てらっしゃるんですね。」少し皮肉を込めてないわけでもなかった。彼は気づかないのか、まあ気づくほどの言い方でもなかったけど、単純に私に訊ねた。

「面白かったですか？」

「ええ、当たりでした。」

お節介な人、帰宅して、本をサックから取り出しながら思った。でも、けっこう図書館には

似合ってるのかも、彼。

十一月二十三日

昨夜、寝付きが悪く、どうせ明日はお休みだからと　夜更《よふ》かし。気づくと、もう三時。それでも眠くない。どうしたんかしら。

ちょっと庭に出る。寒い。けっこう寒い。

そこへバイクの音。ああ、新聞配達か。

「ありがとうございます」と、郵便受けに入れてもらう前に手を差し出す。

と、それは彼だった。

「図書館のお仕事は?」　つい尋ねてしまった。

「ああ、やってますよ。あれは嘱託で週に四回。で、夕刊の配達は　その日はしなくてよいように親父《おやじ》さんに交渉して。配達員は少なくて、困っているようですが、無理を聞いてくれました。朝刊まで止《や》められるよりは　いい、ということなんでしょう。できれば、図書館の方で正規に雇ってくれるようになれば万歳ですが、難しいんかな。……

貴女は幼稚園にお勤めですよね。いつか……。」

「ええ。」

「じゃ、また。……あ、寒くないですか。今日はお早いんですね。」

そして、バイクは次の家に向かった。


不思議ね、こういうふうに少しずつ誰か人のことが分かるなんて。

あの人、全然　変な人じゃなかった。

本が好きな人なんかしら。図書館の仕事が無い日の昼間は何してるんだろう。最近、アパートの窓は閉まってる気がする。

あ、寒いから？　いや、未だ、寒いというほどじゃない。昼は気持ちいい季節だもの。

十一月末

おや、と記事に目が行った。町の広報誌に、町立図書館嘱託員募集というのがあった。これかあ。

週三日～四日、時間は相談に応ず。ただし一日四時間以上。時給一一五〇円（司書資格有りの場

B　南国で　30

合）八八〇円（資格無しの場合）。

ふうん、これでは　やっていけないわね。


その明くる日、園の運動場で受け持ちのクラスの園児を遊ばせていて、チラッとアパートの方を見る。すると　目が合った。あらあら。軽く会釈する。彼は、にっこりした。そして、手を振った。何だか、可笑《おか》しかった。

園児の一人が気づいたらしく、「あの人　だあれ？」と訊いた。

「ううん、よく知らない。」

「変な人じゃないよね、園長先生が言ってたよ、じっとアーちゃんたちを見ている人がいたら用心しなさい　って。あの人、じっと見てるんじゃないよね。手を振っても　いいんでしょう？　アーちゃんだって　手を振るもん。駅にパパを迎えに行って　パパが見つかったときなんかに。」

「アーちゃん、お父さんをお迎えに行くんだ。お父さん、喜ぶでしょう。」

「そうだよ。ぼくを見つけると　手を振ってくれるよ。　あの人、お兄ちゃんは誰に手を振ったのかなあ。ああ、ミチコ先生にだあ。」

アーちゃんの言うこと聞いていて、何だか心持ち　顔が赤らんだ気がした。多分、気持ちだけ。……で、心がゆるんだのかしらん、私も　あの人に手を振っていた。そしたら　お返しの手振り。アーちゃんも手を振った。

＊　　＊　　＊

回想——あの日——

あれは、もう随分と遠い遠い昔のこと。
あの人は二十三になったばかりで、私はもうすぐ二十四の誕生日を迎える頃だった。
あれは、未だ秋だと言ってよかった、
にっこりして　あの人が手を振ったのは。
あれから始まった……。

沢山の沢山のことがあった。
想い出すと切ない。

＊　＊　＊

師走も半ば

「貴女、あのアパートの人と　付き合ってるの？」　出し抜けに園長先生が言った。

えっ？　どういうこと？

「アパートの？　ああ、いつか　おっしゃってた人……。いいえ、特に付き合ってるわけじゃありません。」

「そおお？　だったら　いいけど。何処から来た人か　何にも分からない人だし。訳《わけ》ありかも知れんでしょう？」

びっくりもしたし、何だか　鬱陶《うっとう》しい気もした。浜辺を一緒に散歩したことがある。それを先生は見てらっしゃったってことかしらん？　誰かがご注進？

こういう　ご親切な目って……。まあ　しょうがないか、大きくもない町なんだもんね。有り難がるべきなのかも……。

けど、変な人だとか、用心しなきゃあとか、決めつけるのって……。

「アーちゃんがね、あのアパートの男の人と　ときどき手を振り合うんだって自慢してたね。だから、言ってやったの。良い人だって　すっかり信用したら駄目よって。だって、何か下心あるかも知れんでしょう?」

「まさか。それにアーちゃんは男の子ですよ。しっかりしてますよ。」

「よく分かんない人が狎《な》れ狎れしくするときは　用心するに越したことは無いのよ。」

家に帰って　ふと思った。よく知らない人について　勝手に批評しない、それに越したことはないんでしょうにね。

でも、用心と言えば、こんなふうに思ったってこと、園長先生の前で顔に出たらいけないね。近ごろの世の中では、責任ある方って、大変なことが起きないようにって、ピリピリ。そちらにばかり気が行ってしまうんでしょう。園長先生も　お気の毒と言えば　お気の毒。

「園長先生も昔は　子どもたちと遊ぶのが楽しくって楽しくって、それが　この仕事の一番の魅力って、おっしゃってたわ。今は受け持ちのクラスがないから淋しいわ、とも。」

このように平井先生が言われたことがあったことを想い出す。
ニュースでは　いろんな事件のことを言ってるけど、この町では起こりっこないわ。

＊　＊　＊

回想——冬の海辺——

あの人と歩いた、浜辺を。
寒かった。
冬の浜辺を歩くことは、高校生の頃には　よく　していた。
熱っぽい気持ちを冷ますため、夜に　よく　眠るため。

その浜辺を　独りでなく　誰か男の人と歩くなんて……。
心が二つ　あるようだった。
心は独り　遠くの水平線と小さな島影を目に映しながら
冷たい風とともに　彷徨《さまよ》っているふう。
その脇で　もう一つ、
傍《かたわ》らに男の人が居ることを　嫌でも意識している心があった。

どう　身構えればいいのか　分からず
どう　うちとければいいのかも　分からず。

歩調を合わせることは　難しくなかった。
そうも長くない浜辺は　直《じき》に尽きた。
引っ返した。
芸がない。

ふと気づく。
なあんにも話してない、
黙って歩いてただけだった……。

と、あの人が口を開いた。

「寒くないですか?」

「ええ。」

これでは会話にならない。

だけど、分かる気がした、

何を　どう話せばいいのか、あの人は分からないでいるんだ
私が逃げ出しはしないか　と、口を開くことが怖かったんだ　と。
不器用な人。

今でも　目に浮かぶわ、
雲が濃く　たなびいた　冬の空
水平線
小さな島影
波
浜を区切る　ごっつい大きな茶色の岩。
そして　浜を歩く二人の遠景。
私が二人を遠くから見ていたはずはないのに
あの人と私とが並んでいる情景が　くっきり浮かぶ。

初めての散歩が　冬に入ったばかりの海辺だなんて。
私は　そんなに寒くはないのに　赤いマフラーを首に巻いていた……。

＊　＊　＊

一月――そういうことなの――

「いつか　ずっと前、私がヤッちゃんを初めて見たとき、ヤッちゃんが幼稚園の方を　ぼんやりと見ていたときよ、覚えてる？」

「うん、覚えてるよ。目が合ったね。」

「まさか　あのとき、私の方を見ていたとは言わないわよねえ。何を見てたの？　ただ　考え事でもしてたの？」

「いえいえ、ミチさんを　ずっと目で追ってました、と言いたいんだけど、幼稚園の子どもたちを　ぼやっと見ていて、想い出していたんだ。」

「何を？」

「小さいとき、妹と遊んでいた頃のこと。」

「妹さん　いらっしゃるの？」

「いいや。いたけど、二年半と　ちょっとかな、そのくらい前に亡くなった。」

「そう。想い出させて、ごめん。どうして？　事故？　病気？　訊いてもいい？」

「ずっと病気だったんだ、中学三年の頃から。治らない病気だった。心臓移植ができれば、って話もあったけど、手術ってことにはならなかった。」

「何て言ったらいいか。辛《つら》いわね。」

「ああ。だけど、考えても　しょうがない。考えないことにしてるよ。」

「ほかに、ごきょうだいは？」

「いない。父親も、母もいない。全くの独り。」


胸が締め付けられるような話だった。全くの独り。それがどういうものか、想像できなかった。

「独りになったから、この町に来たんだ、ふらっとね。何処に、という当てもなく。暖かい南の方がいいって思って、当てずっぽうで来た。仕事も直ぐに見つかったし。まあ、新聞配達って、何処ででも、いつも募集してるから。

少しは親がお金を遺してくれていたから、そんなに心配ではなかったよ。ううん、焦りというか不安というか、そういうものはなくって　有り難かったってこと。

でも、ちゃんとフルに働かないと、二、三年で大事《おおごと》になるのは目に見えていたよ。この町だと、家賃が安くて助かるけど。」

「図書館の仕事、あってよかったね。」

「うん、運がいいっていうか。司書の資格、取ってたんだよ。一応、大学　出てるんだ。で、卒業して、直《す》ぐに　こっちに来た。母と住んでいたところには居たくなくってね。母が亡くなってから、未だ一年と……、　そう二ヶ月だよ。」

「え？　だったら、妹さん、お母さんと、続けてお亡くなりになったんじゃない。そんな……。

大変だったでしょう。悲しいわね。淋しいね。」

「馴れるしかないから。仕事があるというのは　いいよ。することがあるから。新聞配達だと、昼間、ちょっと手空《てす》きの時間があって、それで、ぼうっと幼稚園の方を見てた。子どもたちの声が聞こえて、ほっとするというか、ちょっと複雑な気持ちにもなるというか。

けど、お陰で、ミチさんと知り合いになれた。」

「最初に目が合ったときからだと、……そう、もう九ヶ月ね。」

「うん、だけど　話もするようになってからは、未だ二ヶ月に足りないくらい。

嬉しいよ、とても嬉しい。」

私は　ヤッちゃんの手を握ろうかと思ったけど、止《よ》した。未《ま》だ　そんなんじゃない。

二月初め――日曜の朝――

「歩くと　けっこうあるわね。」

「そうだね、いい運動になった。

眺めがいいねえ。もう、何度か来たこと　あるんだよ、此処。」

「へえ、そうなの。私は　随分と久しぶり。浜から　そんなに遠くないのに、登るのって、つい敬遠するじゃない。中学とか高校のときには、時々《ときどき》だけど、来てたことがある。」

「地元の人の方が、案外　こういう素敵な場所に気づかないのかもね。」

「確かに、悪くないわね、此処。」

ひとしきり　二人して海を眺めていた。静かだった。舟も何も見えなかった。鳥の姿もなかった。

「一息入れたら　さすがに寒いね。」

「私のマフラー　貸してあげる。」

「いやあ、ミチさんが寒くなるじゃない。」

「ううん、も一つ　もってきてるの。マフラー　もってないんでしょ？」

「南の国でも、寒いときは寒いんだね。」

「当たり前でしょ。お馬鹿さんね。

風があるから、海からの風が。」

＊　＊　＊
＊　＊　＊

回想する声

冬　二月

小高い丘の広場。
海が見下ろせた。
ぼくが恋した　褐色の肌の娘と二人
銀色の小さな破片が無数に瞬《またた》いているような　海を見ていた。
よく晴れた日だからと　誘って。
心　高鳴る　朝だった。

思いの外《ほか》　寒かった、
風は少しだけだったけど。

娘が　マフラーを貸してくれた。
明るい黄色で
ふんわりと　やわらかい　薄手のもので

ひんやりし　直ぐに　首を　あたたかく包んでくれた。
ぼくは――、心臓が熱く　燃えて
幸福で　涙が出そうだった。

女物《おんなもの》だけど　変じゃないわ、
上等なものではないけど　お気に入りなのよ。
ほら、これと色違い。

娘の首には　赤いマフラー、
見慣れたものだ。

こうして
二人一緒に居るのが自然になって
ぼくは孤独でなくなった。

＊　＊　＊

＊　＊　＊

二月初め――続き――

「お金を貯めて　車が買えればいいんだけど。そしたら、ドライブに誘っていい？　いや、ずっと後のことだよ、まだまだ無理だから。」

ふうん、そんなこと考えてるんだ。

「車、なくってもいいわよ。」

実は、私、車をもっている　と言いそびれた。

「去年の暮れに、いや、もう少し前かな、蜜柑の収穫のアルバイトがあったらしいんだ。知らなかった、惜しいことしたよ。」

「ああ、きっと崎山の方でしょう。蜜柑山が海に迫ってる。皆《みんな》お金持ちよ、彼処《あそこ》の人。でも、そんなに働いて大丈夫？　未だ新聞の方もやってるんでしょう？」

「うん、やってるよ。けど、図書館は週四だから、空いてる日はある。新聞配達だって、週に一回は休みだし。夕刊を止《や》めるとき、代わりに朝刊は毎日、という話もあったけど、止めといた。朝刊がない日に図書館の方もしなくていいように組んでるんだよ。悪くないでしょ。時々、どっちも、ほかの人の都合で代わってあげるけどね。有難がられるから。」

考えれば、今日みたいに朝から会うなんて　初めてだわ。夕方ばかり。私が　幼稚園　けっこう早く退《ひ》けるから。

と言っても、これまで会ってお喋りした回数なんて、そんなに多くないんだよね。でも、どうして親しくなったんかしらん。

苗字でなくて名前で呼んでいいですか、って訊かれたときは、びっくりしたわ。つい、いいですけど、と答えてしまって。後で訊いたら、最初　苗字で呼んでたら、そのあと名前に切り替えるのは大変。ハードルが高くなるからだって。作戦だったそうよ。ふうん、そんなこと考えるんだねって。けっこう面白くない？

二月半ば——引っ越す？——

「ぼく、引っ越そうかな。」

「えっ？　何処《どっ》か行くん？　図書館とかも止《や》めるの？」

「いやいや、この町の中でだよ。」

「あ、そう。

どうして？　家賃も安くて　いい、とか言ってたでしょう？」

「ああ、今のアパート、満足してるんだけどね。」

「だったら、どうして？」

「今ん所、ミチさんの幼稚園の直ぐ傍《そば》じゃない。だ・か・ら。」

「？」

「たとえば、だよ。いや、仮にだよ、ミチさんがぼくん所に遊びにくるとするじゃない？

玄関というかドアの前で立ち話するんでもね。そしたら、幼稚園の人に分かったりするかも知れないでしょ？　それって、ミチさん　嫌じゃないかな　と思って。」

「……

なんで　そんなこと考えるん？　誰かから、何か言われたの？」

「いや、そんなわけじゃないけど。」

私が　園長先生の目を気にしているってこととか　伝わったってことある？　……私の態度

に　何かが見えてるんかなあ。

「引っ越すって、もう決めたん？」

「いや、そこまでは　まだ。」

「良さそうな所、候補とかは？」

「これは良《い》いってのがあれば簡単、迷わないけど。そういうのには　未だ　ぶち当たってはいない。」

「本当に探したいんだったら　手伝いましょうか？」

「いや、それは変に思われるでしょう、不動産屋さんあたりに。

ミチさんはここで育ったんだから、けっこう顔が知られてるでしょう？」

「私と　付き合ってるってことが知られるんは、嫌ってこと？」

「そんなんじゃ全然ない。知られるって嬉しいくらいだよ。認めてもらえる感じで。けど、
ミチさんの方は　そうもゆかないでしょう。」

ああ、気を遣《つか》ってるんだ。なるほどね。うちの親だって知らないし、ひょんなところから耳に入らないとは限らないし。いや、親に分かっても　どうということはないんだけど。

ちょっと強引っていうか、無邪気っていうか、そういうところがあるのに、すっかりストレートって言うわけでもないのかぁ。

ああ、私が、アパートにお邪魔するとか、そういう時のことも考えてるんだ。来てもらいたいんだね、きっと。

外で会うんじゃなくて、部屋で会うって、それは違うわよねえ。余程　親しくなきゃあ　そんなことしない。

けど、部屋を見ると、未だ知らない　いろんな面が見えてくるのかも。

ああ、大変。子どものときは　よかったなあ。何《なあん》にも難しく考えなくっても、仲良くなればなるし……。

「どうしたの？」

「あ、いえ、ちょっと考え事。」　訊かれて私は　少し慌てた。

「気が済むようにしたら　いいんじゃない？　なるようになるってば。」

「ミチさんは、どう思う？」

「どうお？って、関係ないでしょ。自分が思う通りが一番でしょう。」

「関係ないって……。」

淋しそうな顔した。

「あ、ごめん、言い方拙かったわ。決めるのは私じゃないって、言おうとしただけよ。」

「そりゃあそうだね。ミチさんに決める責任負わせるわけにはゆかないよ。当たり前だ。ぼくね、図書館でも、新聞屋でも、仕事に必要なこと以外、人と喋らないでしょ。いや、少しは近ごろのニュースのこととか、何か話したりはするけど。で、個人的なこと話すのって、ミチさんだけ。そいで、少し甘えてるみたい。」

何を言えばよいか分からず私が黙っていると、

「馬鹿だね、楽しい話しようか、ええっと……」と、思案顔。

それを聞いて顔を見て、私、吹き出しちゃった。ええっとって、そんなにして見つけるものなの？

「ふふっ、可笑《おっか》し・い！　ええっとって考えなきゃあいけないの？」

「だってえ……」

「楽しい話って一杯あるでしょ？　この前、誰《だあれ》かさんがわざとマフラーを返すのを忘れた振りをしたとか。」

「いやあ、あれは本当《ほんと》に忘れたんだって。」

「嘘　嘘。」

「ばれてた？」

「そりゃあ　そうでしょ、下手なんだから。」


「ねえ、誕生日　いつ？」

「私の？　お生憎《あいにく》さま、ちょっと前に過ぎたばっかりよ。」

「教えてくれると　よかったのに。」

「教えるってえ……」

「いつ？　そいで　幾つになったんだっけ。」

「一月十八日。二十四よ。」

「そうか。ぼくより一つ上だ。ぼくは、この前の一一月。二十二日。二十三になった。一年と二ヶ月？　いや、変だな、……十か月くらい違うんだ。こりゃあ恰度いいや。今まで、こんなこと話したことなかったよね。学生時代までだったら、学年で歳《とし》は直ぐに分かるんだけど。」

「恰度いいって、どういうこと？」

「ああ、特別な意味は何も。同じ世代で　考え方も合うというか　するでしょ？」

「私と考え　合ってると思ってるの？」

「そうじゃない？　いや、そうじゃないというのは、そのー、合ってるという意味。」

「ま、相性でしょう。年齢じゃないと思うわ。」

「そりゃあ　そうだ。」

「あら、簡単に言うのね。」

「あ、そうだ、相性というのは、仕事仲間でも言うじゃない。だから、相性というより、一緒にいて楽しいというか。いや、一緒に居たいという気持ちが強いか、これがすべてだね。ああ、言ってしまった。……言わなくても　ミチさんには分かってると思うけど。ああ、ぼくが思うことだけど。」

「私も　一緒に居たいと思ってるって、言ってもらいたい？」

「もちろん！　けど、無理して言わなくっていいよ。人を喜ばせようとして　自分の気持ちを誘導するってことがあるから、人間には。」

「へえっ、そんなこと考えるの？　なるほどね。無邪気に子どもっぽいように見えて、案外とあれこれ考えるっていうか、慎重というか、そういうところがあるんね。」

「子どもっぽいってことないでしょう。どうお？」
「はいはい、子どもっぽくはありません。ヤッちゃんは大人です。」
「いや、単純なんだよ、好きだって気持ちはね。」

＊　＊　＊

回想

あの人の気持ちは　いつでも　ひしひしと　感じられた。それで　私が逃げなかったというか、誘われると応じていたというのは、どうなんでしょう。私も同じような気持ちだったかというと　違うわ。でも、好意は懐いてた。放っておけない　というような気持ちも働いていた。孤独のイメージが　あの人にはあった。独りぼっちにさせてはいけない、そう思う気持ちが私にはあったような気がする。

不思議だったこと――、私はあの人を通じて、自分が長く暮らしていた町の魅力を幾つも発見したのだった。

何ということもない浜辺が、尽きせぬ歓びの源泉になった。朝、昼、遅い午後、夕方。晴れ、曇り、雨、細い雨、太く温かい雨……。

水平線が遠くなり近くなり、島影は靄《もや》のようであったり　くっきりと自己主張したり……。空と海とは引き立て合った。空も海も季節の移りを敏感に映し、あの人と私は　どの季節も貪《むさぼ》るように味わおうとした……。

波の音は生命《いのち》の鼓動だった。あの人は　私の胸で心臓が搏《う》つ音を聞くのが好きだった。

＊　＊　＊

二月半ば——続き——

「なんで誕生日のこと　訊いたん？」

「あ、誕生日って　特別な日でしょう？　だから　特別なこと　したいなって。」

「どんなこと？」

「それは、秘密の部分もあるし、ミチさんの考えも聞かなきゃあならないこともある。けど、過ぎてしまったんだし。残念だけど。

一月《ひとつき》遅れでお祝いする？」

「いいわよ。もう一回　歳をとるみたいで。もう沢山。もう　これ以上に大人にならなくていいわ。」

「お祝いと関係ないじゃない。二十四は二十四、ミチさんはミチさんだ。」

「馬鹿ねえ、気持ちの問題よお。」

「もうすぐ　春だね。春は　いいよなあ。ここいらだと　春の花は　どんなのが　ある?」

「桃が咲くわ。あ、その前にレンギョウかな。あっちこっちでレンギョウの生け垣の家があるよ。桃は、そうねえ、少し畝郷《うねさと》の方に行けば　多いわね。」

「畝郷?　どっちの方だろう。面白い地名だね。」

「崎山の方は知ってるでしょう?　蜜柑山の。彼処《あそこ》を越えて、また海の方に下《お》りて、そしたら開けた感じの、それでも、やっぱり山がちというか、そういう集落があって、小さな川も流れていて、その辺りは多いわ、桃の木が。」

「ふうん。実は崎山にも行ったことはないんだ、おおよその場所は知ってるけど。自転車だと少しきついかな、って。蜜柑の収穫のアルバイト　できたんだったら、そんなこと言ってられなかったけどね。あ、バイクは新聞配達店のものなんだよね。」

「そうねえ、今度　行ってみる？」

「いいね、いいね。ミチさん、自転車　もってたっけ。

だけど、大丈夫？坂道。」

「平気よ。」

それから、私はちょっと思案した。車もってるから、車で行こうかって言おうか、どうしようって。

「どうしたの？　本当は　しんどいな、と思った？」

「ううん、そんなんじゃないわ。自転車に乗るの、お使いなんかでじゃなくって、サイクリングっていうの、長いこと　してないなって思っただけ。」

「そう？　少し　顔が曇ったように見えたけど？」

「なあに、そんなに人の顔を見てるの？」

「人の顔じゃないよ、ミチさんの顔だよ。」

「あらあら、大変ね、私の顔　見て　どうするのよ。他に見るもの　いっぱいあるでしょ？」

「まあまあ、いいじゃない。

ええっと、いつが　いいだろう。ぼくの休みは……。」

「休みが合う日って　なかなか無いわよねえ。」

こうして、冬の日々は過ぎていった。

＊　＊　＊

回　想

過ぎた時が　どれも愛おしい。
もう何十年にもなるなんて。

繰り返そうとは思わないけど、
やり直そうとも思わないけど、
それでも、あの晩秋から冬、早春にかけての頃の幾つかの時に、
そっと立って
二人を見てみたい、若い　あの人と　私とを。

浜辺のぎこちない散歩。赤いマフラー。

海、空、雲。
蜜柑を食べながらの会話、少しずつお互いのことを知っていったわ。
桃の花。
菜の花の絨毯も見た。

無性に切ない。
去りゆいた私たちの幾つもの季節。

息子が巣立ってから　あの人は時々　言ってた、
どちらが先かって。
分かってたくせに、自分の方が先に逝くと思ってたくせに。
そして本当に先に逝ってしまった。

私が独りにならないと　いいがなあ、とは
真剣に思ってたみたい。
だから、あんなふうに言ってた。

それでいて　怖かったのよ、自分が独りになるのは。
私には分かっていた。

今日、十二月に入って少し。まだまだ　お陽さまは暖かい。
この暖かさは　あの人がくれたんかしらん。
祈ってくれたんだと思うのね。

生きるって不思議、
どうして　こんなにも　楽しさや淋しさが　いっぱいあるんでしょう。
どうして　それが　みんな　消えてゆくんでしょう。

ええ、それで　いいんよ、分かってる。
分かってるけど　切ない。

私に残された　あと少しの生命《いのち》、それが重く感じられる。

＊　　＊　　＊

中学時代

プロローグ――九月一日

「ようし、この時間の最後、これからは係決めだ。じゃ、始めて！」

「司会はどうするんですか。司会がおらんと、決められんですよ。」

「そりゃあ、司会は学級委員じゃなあい。」

「二学期の学級委員はまだ決まってませーん。」

「じゃあ、先に学級委員、決めていいですか？」

「あほ、今は係決めだろ。」

「吉田に訊《き》いてるんじゃないよ。先生に訊いてるの。」

「あれっ、何、言ってるん。ごぞんじじゃなかったあ？　先生は、とっくに、ずらかってまあす。」

「おお、困ったお人だ、お人だ」

「そうだ、そうだ、ほんに困ったお人だ、生徒に丸投げして、トイレでも行ったんかいな。」

「学級委員も新しく決めなきゃあ、二学期になったんだもん。」

「委員は選挙でしょう？」

「うんにゃ、委員も係と同《おんな》じやり方で決めるんも、よいと思うけど。」

「希望をとるってこと？」

「誰も希望せんよ。」

「係だって誰も希望せんたって、決めてきたんじゃ。人気ない係もあるからね。ああ、しょうがない、しょうがない。」

「まあ、最後はくじ引きしかないわねえ。けど、委員もくじ引きでいいわけ？」

「そうそう、選挙で選ばれち、押しつけられたら、可哀想ってことも考えな、いかんよ。」

「選ばれるんが嬉しいヤツもいるかもよ。」

「ねえねえ、今は係決めでしょ？　なんで学級委員の話になるんねえ、大沢君。」

「なんで俺の名前を出すん？　喋ってるヤツ、一杯いるんに。」

「人気者《もん》、人気者！」

「いやあ、それほどでも……。」

「やっぱ、馬鹿だ、本気にするなって。」

「馬鹿《ばーか》。俺が本気で言ってるなんて思う方が馬鹿に違いない。」

「ねえねえ、こんな無駄口ばっかり言ってて、ちっとも進まないじゃなあい。これじゃ、いつまでも決まらないわよ。」

「そうよそうよ、決めないうちは帰れないよ。今日は、この時間が最後なんだからね。さっさと決めて、さっさと帰ろうよ。」

「異議なし！」「異議なし！」

「あああ、そいでどうするの、って言うの。やっぱ誰か司会してよ。」

「司会を決めるやり方をまた相談する？　冗談じゃないから、そっだけは勘弁してな。」

「提案、提案！　一学期の学級委員、司会やってくださーい。」

「俺も提案、提案。学級委員も係の一つと考えて、ほかの係と一緒に決めるってのもいいと思うけどなあ。」

「また、混ぜっ返す。今は取りあえず、係の方を決めましょうよ。」

「はい、出ました、お得意の、取りあえず。取りあえず、菜々っ子を司会にしましょう。はあい、賛成の方。」

「賛成」「賛成《せえい》」「異議なーし。」

「ようし、決まったあ。」

「決まってないわよ。そんなん、どさくさに紛れてずるいわよ。」

「いいの、いいの。どーってことないでしょ？」

「そうねえ、お願いよ、菜々ちゃん。やってよ。」

「そうそう、お願い！」「お願いしまあす。」「お願いね、菜々ちゃん。」

「おお、すごい人気ですねえ。さすが、大沢が推薦しただけのことはある。」

「洋《よう》ちゃんは関係ないのっ。」

「おや、洋ちゃんって誰のこと？　平野さんって、大滝のことを名前でお呼びになる。」

「幼稚園のときから、隣に住んでんの。もう、そんなこと、どうでもいいことでしょ。」

一　学級新聞

集合！学級新聞係——九月四日・土曜

　平野菜々子は、ぷりぷりしていた。「どうして時間通りに集まらないのよ。大沢君っていい加減なんだから。」傍《かたわ》らでは、後藤香澄が、３Ｂの鉛筆をくるくる回して遊んでいる。

「まあまあ、菜々ちゃん、菜々ちゃんが一方的に通知したんだもの。用事があったんかも知れないわよ。」

　菜々ちゃんは、人が自分の思う通りに動いてくれるのが当たり前だと思ってるからね、と香澄は思う。

「ああっ、来た！」

「ようっ。遅れた？　済まん済まん。けど、何も土曜に集まらなくってもいい、と思うんだけど。こんな好い天気に。」

「じゃあ、今度、雨の日に集まりましょう、とでも決めればよかったたってこと？　そんなんじゃ間に合わないわよ。」

「はいはい、突っかからない、突っかからない。取りあえず、今日の土曜というわけですね、取りあえず殿。」

「私は男じゃありません、何が殿よ。」

「ねえねえ、菜々ちゃん、もういいじゃない、三人そろったんだから。そいで、今日、何するの？」

「それは……、もち、相談よ。」

「菜々っ子は、取りあえず集まろうって、考えただけだよ。そうでしょう?菜々さま。」

大沢君もふざけ過ぎない方がいいのにね。今日、菜々ちゃん、何かぷりぷりしてるからね。

香澄はこう思うものの、知らんぷり。

「そいで、と、取りあえず何を相談するんでごじゃいましょうか？」

「取りあえずじゃ、ありません。ちゃんと相談して決めるんです。」

「はいはい、今日は取りあえずではなくて、と。そうですね、取りあえず姫。」

「じゃあ、始めるわよ。香澄ちゃんが学級新聞係になりたいと言ったわけは？」

おいおい、警察の取り調べじゃあるまいし、菜々っ子は偉そすぎるよ。

「それはねえ、漫画を書きたいの、それだけ。あとは、菜々ちゃんと大沢君に任せしたいんだけど……。いいい？」

「おやおや、それは……何て言うか、わがままでございますねえ、香澄お嬢さん。」

「なれなれしく名前で呼ばないでよ、オ・オ・サ・ワ君。私、大沢君のことは苗字でしか呼ばないから。」

「さようでごじゃいますか。承知しました、取りあえずはね。」

「ん、もう、ふざけてばっかりいるんだから」と菜々子。

「そうそう、困ったお人だ、困ったお人だ、この大沢めは。反省しまーす。今日は姫とお嬢さんに敬意を表して、真面目《まじめ》にゆきまーす。」

「で、大沢君は、なんで学級新聞やりたいんだっけ。」

「やりたいわけでは、ごじゃいませーん。この係は希望者がお二人しかいなかったので、憐れんで手を挙げたんでーす。」

「じゃあ、何でもやってくれるんだ、困ったことがあったら、そういうことよね。サンキュー。」

「すごく、勝手な、解釈。はいはい、どうぞ、お使いくださ い、私めを。」

これが菜々ちゃんの憎めないところなのよね。結局、菜々ちゃんのペースに引き込んじゃう。

うーん、どうしたら、こうなれるんかしら。香澄は感心してる。おっと、自分も何か喋らなくっちゃ。

「でもねえ、菜々ちゃんはどうなん？　どうして学級新聞係やりたいって思ったん？　一番に希望を出したじゃない。」

「うーん、それはね、菜々子としては取りあえずのことを言いますと……」

「取りあえずか、それじゃあ困るねえ。やりたいんだったら、絶対にこれ、と言わなくっちゃあ。な！」

大沢君も、けっこう負けてないんね。このコンビって面白い。

菜々子は、言う、

「ねえ、これまでの学級新聞って、読む気しないでしょ、分かりきったことしか書いてなくて。」

「そうね、何が書いてあったっけ？」

「ほら、忘れるくらいに印象がないの。確か、今度、新しい係が誰に決まったとか、遠足がありましたとか。そんなの、みんな知ってることばかりじゃない。報告としても、ちっとも面白くないし。」

「ほれほれ、前の係が聞いたら、気を悪くするよ、菜々っ子。用心用心。誰だったっけ、一学期のときん係。」

「でしょう、誰が係だったか忘れるくらいでしょ。それはつまんないからよ。誰が書いたって、いつも同《おんな》じ。一年のときも二年のときも。もう上級生なんだからセンスあるのをつくらなくっちゃ。」

「あのう、ちょっとお聞きしていいですか。二年生って上級学年なん？　三年までしかないんだから、中級だと拙者は思いまーす。」

「そんなこと、どうでもいいでしょ、ほら、か・い・しゃ・くの問題。」

「ＯＫ。で、学級新聞って一学期に何回出た？　まさか毎月とは違うよね。」

「ええと、決まってないと思うよ。できたときに出すって感じじゃなかった？」

「ふうん、そうか。じゃ、できなきゃ、出さなくってもいいってか。これはいいわい。」菜々子は大沢を睨む。慌てて大沢は続ける。

「で、ですね、さっさと新聞を出すにはですね、型に嵌《はま》ったやり方をすれば楽チンだし、無難でもある。」

あらあら、益々拙いことを言うわ、大沢君。この調子じゃ、菜々子に怒られるわよ。

「ねえ、平野編集長、まさか〈取りあえず新聞〉は止めにしようというんじゃないだろうね。取りあえず姫としては、宗旨替えでしょうか。」

「私、編集長するなんて、言ってないわよ。そいで、それは、と・も・か・く……、取りあえず作る新聞なんて意味がないわ。出す以上、読み応えがあるものにするんよ。」

「で、どうするん？　菜々ちゃん、考えがあるん？」

「ううん、それが分かんないから相談してるんじゃない。」

「なんだ、なんだ、やっぱり、取りあえず相談ってことー！」

ここで、三人とも黙ってしまう。

「あのう、漫画を載せるっていうのは、少なくとも新しい、何て言えばいいんだっけ、そう、新しい試みでしょ？　だから、菜々ちゃん、悪いけど、私は漫画さえ描かせてもらえればいいんだけど……。」

「そうね。漫画は歓迎よ。けど、新聞であるからには、記事がなくっちゃね。いや、記事も、だけど。」

「そりゃあ、分かってる。漫画は、ちょっとしたお楽しみのつもり。付録ね。」

「描いてる後藤さんだけがお楽しみでは困りまーす。」

「失礼ね、香澄ちゃんの漫画はみんなが喜ぶよ、きっと。」

「はいはい、俺、後藤さんの漫画、見たことないもんね。今度、見せてよ。……もしかして、もうできてる？」

「それは……秘密。」

「で、ね」と菜々子が切り出す。「やっぱり取材とかね、私たちで題材を探しにいかなくっちゃね、ということは考えてるの。どう思う？」

「いいですねえ。で、何を取材するんでごじゃいますか？」

「それが分かんないから相談してるんじゃないの、もう全く。少しは自分の意見を言いなさいよ。係の一員として真面目さが足りない！」

「足りないのは脳みそ。ノウタリン、ノウタリン。」

「ほらほら、そんなに口が回るんだから、おつむの回転が悪いわけないでしょ。」

「よっしゃよっしゃ。ええと、おつむをフル回転させてですねえ……」

「はい、それで？」

「まあまあ、慌てちゃいかんよ。ええっと、何を取材するのか、いつでもアンテナを立てておいて、いろんなものを見るんですね。これしかないよ。」

「いいこと言うじゃない、時には。アンテナね。」

「そうだね、菜々ちゃん。直ぐに何を取材するかって決めるの、無理があるかも。じっくり、じっくり、ピピピーときたら、取材開始。」

「じゃあ、こうしましょう。今度の土曜までに、みんなでアンテナを張っといて、そいで、どんなんがピピーときたか、それを報告し合いましょう。」

「ええ?、取材記者は菜々っ子じゃないの? 俺も?」

「何、言ってるん。大沢君が言い出しっぺじゃない。」

「取材のこと言い出したのは、菜々子姫だぞ。」

「あのう、私は漫画に専念したいんだけどー。いえ、もち、何か題材がないか、気をつけてはいるよ。」

「分かったわ。OK。じゃあ、大沢君も、よろしくね。」

ちょっと良《い》い話

二人と別れて、家に戻る道すがら、菜々子は考えた。ちょっと良い話、というのを探そうかな。事件っていうのが起きると面白いんだけど、無理だもんね。平和な町なんだから。

そして、通りを見渡す。見渡したからって、そんな話が転がってるわけはないけど。アンテナを立ててると何か引っかかるかも、と微《かす》かに望みをいだいて。けど、話どころか、誰の姿も見えない。車も通ってない。まあ、そんな所よね、この町は。

公園の方に回り道しよう。菜々子は角を左に曲がった。真っ直ぐ帰るのは早すぎる。

公園には、やっぱり、二つ、いや、三つのグループの姿が見えた。バトミントンやってる高校生くらいの女の人たち。三人で三角に陣取って羽根を回している。小さい男の子を遊ばせているお母さん。それから、公園横の道で、犬を連れた人どうしがお喋りしている。見慣れた光景だ。

何か始まんないかなあ、ふと思う。

これが物語だと事件が起きて、豆新聞記者が探偵になって解決するのだけどね、現実には事件なんて起きるわけはないし。

あの小さな子がバトミントンの羽根を欲しがって、お母さんが、駄目よと叱って、……そしたら、あの高校生のお姉さんが羽根を差し出してあの子と遊んであげる、そんなことでも始まらないかなあ。

あの、犬を連れてお喋りしている人たちのところに、別の大きな犬がやってきて、吠えて、騒動がもちあがって……。

ああ、駄目駄目。なあんにも起きやしない。

いっそ、事件を創作する？　お馬鹿さん！　それは新聞記者の根本に反することよ。

二人ずつの会話

(1)

「ねえっ、後藤って、暗いと思ってたんだけど、案外とてきぱき喋《しゃべ》るんだね。黙《だま》あって、何、考えてるんか人には覗かせまいとしているふうに見えてたんだけどよ。」大沢玉樹が、菜々子に言っている。

「香澄ちゃんってねえ、体、動かすこと、あんまり好きじゃないから、そう見えるのかもね。

でも、何か自分というものをもってるし。しっかりしてて、人がどうの、ってのからは……、何て言うか無関心で、無駄なお喋りは面倒なんよ。だから、暗くなんてないわよ。そう見えてるとしたら可哀想ね。」

「菜々っ子みたいだと、絶対に可哀想に見えないもんな。憎らしいくらい元気で、」

「元気で、何よ。最後まで言ってよ。どうせ悪態つくんでしょうけどね。」

「いえいえ、悪態ついても傷つきにおなりにならないので、言う気もしません。それに、限《き》りがないからね、沢山たくさん悪態の種がおありですので、はい。」

「憎らしいのは大沢君の方じゃない。ほんとに減らず口が尽きないんだから。どうしようもない、という言葉は大沢君のためにあるようなもんよ。」

「それで、何か取材したくなるようなこと、見つかった？」

「あら、急に真面目な話なん？　どうかしたん？　熱でも出した？」

「減らず口は、どっちのことだよ。」

「それがね、空振り。意気込んでみたのはいいけどね。どうしようね。学級新聞の締め切りって、いつ？」

「そりゃあ、できたときが締め切り。」

「そんな無責任な。」

「この前、そんな話じゃなかった？　けど、締め切りをいつにするか、自分で決めれば？　そしたら、その締め切りに向かって頑張れる、そういうもんだよ。」

「ああ、のらりくらり。役立たずねえ、大沢君って。」

「こうして愚痴を聞いてあげてるじゃない。えらいもんだ。」

（2）

「あのね、菜々ちゃん、学級新聞って中学生がやるって幼稚だ、と言ってる人たちがいるのよ。知ってた？」

「幼稚って？」

「学級新聞は小学生がやるようなもので、そんなのは中学では必要ないって。」

「けど、先生、当たり前みたいに係の一覧に挙げてるでしょ？」

「うん。けどね、香澄のクラス、一年のとき、学級新聞係なんてなかったよ。菜々ちゃんのクラスはどうだった？」

「菜々子は、桂木先生の持ち上がり。だから、一年のときも学級新聞はあったし、小学校のときもそうだったから、何にも思わなかったわ。……ちょっと待って。桂木先生って、去年いらしゃった先生よね。違う？　菜々子たちも去年から中学なんだからよく分からないけど、そんなこと聞いたことある。どの学校から？　小学校からとは違うよね。」

「ううん、知らない。けどね、先生、時々新聞に短歌を投稿してるんだって。」

「へえ、どうして知ってるん？」

「うちの母さん、短歌とか俳句とかの欄を読むのが好きなんよ。で、先生の歌が載ったことがあるって。」

「本当？」

「で、ね、桂木先生の頭にあるのは、文芸作品なんかを載っけた新聞じゃないかって気がするんよ。そしてね、まあ、そういうのもある新聞を作れれば、学級新聞なんて幼稚だ、って言ってる人にも、どおお？　って言えるかな、って。」

「そうか。でも、和歌とか俳句とか、私には無理。それに、菜々子、やっぱり何か事件のようなものを取材したい。作品だったら、香澄ちゃんにお任せするわ。漫画だって、歴《れっき》とした作品よー。」

「そう言ってくれるのは、ありがたいけどね、漫画じゃん、って言う人もいるだろうしね。けど、私、絶対、漫画描くよ。」

「そうそう、お願いよ。二人で良い新聞、作ろうね。」

「ねえ、大沢君のこと、忘れちゃ駄目よ。」

「あ、そうか。でも、大沢君は口ばっかりだからね。まあ、何とか、仕事をさせなくっちゃ。」

(3)

「ねえ、後藤さん、平野さんと仲がいい？」

「え？　仲が悪いということはないけど、特に仲良しというわけでもないね。私って、みんなと等距離って言うか、仲良し仲良しするの得意じゃないんね。熱くなれないって言うかしらんねえ。」

「けど、菜々ちゃんって呼んでるでしょ？　親しいからでしょ？」

「ああ、菜々ちゃんて、ああいう性格でしょ、みんなから好かれるから、誰でも菜々ちゃんと呼ぶんよ。それに、女の子って、大体が名前で呼び合うことが多いわよ。で、菜々ちゃんのこと訊いて、どういうわけ？」

「うんにゃ、特にどうってことないんだけど。あのう、平野さん、大滝のことを話題にすることってある？」

「ああ、そういうことー。ねえ、菜々ちゃんのこと好きなんでしょ。違う？」

「えっ？」

「ほうら、赤くなったわよ。まあまあ、大沢君って分かりやすいのね。私って鈍感なんだけど、こんなだったら、こういうのに直ぐに気が向く女の子には見え見えになっちゃうよ。」

あら、大沢君、黙っちゃった。

「心配しなさんな、あんなにあれこれ気づく菜々ちゃんも、大沢君のそんなところ、全然、気づいてないと思うから。」

「そう……だよね、よかった。その方がいいよ。……でも、全く眼中にないから、ってことでもあるわけかあ。」

「いやね、菜々ちゃんはね、誰からも好意もたれるから、それが当たり前になっていて、特に誰かが自分に好意をもっているということには気づかないというか、気が回らないというか、そんな感じよ。気にしなさんな。

ねええ、漫画に描いてあげようか。〈悩める、恋する少年〉。」

「冗談は止《よ》してよ、もう。で、大滝のことはどうなんだよ。」

「馬鹿ねえ、この前、菜々ちゃんが洋ちゃんと呼んだのが気になってるんでしょう。あんとき、菜々ちゃん言ってたじゃない、おさな馴染みだって。普段、大滝君のことで何か話すことなんて一つもないよ。」

「ふうん、おさな馴染みか。まっ、そいで、と。漫画と言えば、もう、どんなの描くか決まった？」

「ううん、七コマ漫画にしたら新鮮でいいんじゃないかって思ってるんだけど……。四コマものって単純過ぎるでしょ？　かと言って、長編というわけにはゆかないし。」

「七コマかあ。」

「起承転結ってあるでしょ。あれは分かりやすいけど、つまんない。だからね、起承転展、あ、二つめのテンは転ぶ方のテンでなくって、展開する方の〈展〉。そして次に五つめが〈急〉で、その次が〈着〉。着地する、到着するの〈着〉。最後は、〈平〉。平らな、の〈平〉。」

「ふうん、面白いね。何だか分かる気がする。」

「でしょう。そう思ってくれる？　そうだ。ね、この〈起承転展急着平〉で、やっぱ、悩めるもの想いに耽る少年の話は、いいわねえ。最後は〈平〉で、平凡な毎日に落ち着いて、恋の情熱も去りました、と。これに取り組もうかな。」

「止《や》めてよ。縁起でもない。それに恋なんてものじゃないよ。からかったりするんが楽しいだけだよ。」

「はいはい。大沢君に〈もの想い〉なんて似合わないから、漫画も全く別のキャラクターを考えなくっちゃね。」

「ああ、……それで、ふと思ったんだけど……。いや、ちょっと話、変わるんだけどね、さっき、女の子どうしは名前で呼び合うのが普通、って言ったよね。そういう呼び方してない子がいるよね、クラスに。」

「ああ、椎名さん。」

「そうそう、あの子。誰とも、あんまり話、しないような気がするけど、どうお？」

「そう。一年のときも同じクラスだったんよ。けど、必要なときしか口きかなかった、って言う感じ。あまり話題がないのね。私も、どっちかと言うと、そういう口だけど。お喋りしている間に、したいことあるもんね。」

「ふうん、そうなんか。成る程な。

そう言やあ、後藤さん、物知りふうに見えるよなあ。無駄なお喋りの代わりに、せっせと、為すべきことをやる！」

「なあに、そう言えば、だって。でも、私のことなんか、どうでもいいからー、なんで急に椎名さんのこと？。」

「うーん、暗いって、あの子のようなんを言うのかな、と、ちょっと。」

「へええ。ねええ、私、聞いたわよ、大沢君、私のこと、暗いって思ってたんだってね。」

「え？」

「馬鹿ねえ、人のことを話すときは、もっと慎重でなくっちゃ。大沢君って、人がどんなだか、理解力がないのねえ。その理解力でもって思ったことを、何の考えもなしに喋ってしまう。」

「ああ、もう敵《かな》わないよ、後藤さんには。やはり、眼鏡の奥にあるのは、ミンギー女史だね。」

「ミンギー女史って何？」

「いや、何でもない。」

「何でもないはないでしょう。失礼ね。ミンギーだなんて、響きがよくないわ。怒るわよ。」

「ごめん、ごめん。女史って、学問がある女性のことだよ。」

「ふん、誤魔化しちゃって。

それはそうと、大沢君は何か書く記事を決めたの？」

「うんにゃ。」

「ほら、怠け者なんだから。私に漫画のことを訊く前に、自分のことを振り返りなさい。菜々ちゃんだって、怠け者で、お喋りばっかりの人にはうんざりするわよ。それでいいの？」

「まいったなあ、後藤さんって、温和《おとなし》そうで、けっこう、きついんだね。けど、ありがとね。これから、気をつけまーす。」

記事一つは決まりね――九月一一日・土曜

「私ね、香澄ちゃんのお陰で、いいこと思いついたん。」

「なあに、私のお陰？」

「桂木先生のこと、書こうかと思ってるの。〈厳しい数学教師の顔の下に隠れた、繊細な心〉、――いや、〈繊細な魂〉がいいかな。そして、〈そも、そは誰ひとぞ？〉と続けて。どうお？」

「何だよお、桂木先生がどうかしたん？　そして、その、〈そも、そは誰ひとぞ〉って、ちゃんとした日本語かい？」

「まあ、失礼ね。」これは、菜々子。

「あのね、大沢君、先生ね、新聞に和歌を投稿してるんだって。」こちら、香澄。

「新聞って、学級新聞に和歌を載っけてくれるって話?」

「いえね、香澄ちゃんの家《うち》で取っている新聞の短歌欄に、先生が詠んだものが載ってたんだって。香澄ちゃんのお母さんが見つけたんだけど。」

「へええ、あの数学大好き先生がねえ。」

「ね、ね。知らなかったでしょう。これ、一種のスクープじゃない? 事件性はないけどね。みんな、へええと、面白がるんだと思うの。」

「じゃあさ、これ、先生にインタビューでもするの?」

「ううん、先生には内緒。びっくりさせるの。それに、学級新聞を出すというのは先生が言い出したことなのよね、一学期に。だから、微妙でしょ?」

「微妙って?」

「お馬鹿さん、鈍感ねえ、だから男子って……」

「まあまあ、菜々ちゃん、大目にみてあげてよ、この哀れな大沢君を。」

「ふん、どこが哀れだか。」

「じゃ、取材なしで書くの?」と大沢。

「取材はねえ、香澄ちゃんのお母さんに。」

「え?」と、これは香澄。

「いいでしょう?　お母さん、先生の歌をどう思ったか、とか、その前に、先生の名前を新聞に見つけたときの驚きとか。数学の先生のイメージと、どうだったの、とか。」

「それより、いや、その前に、先生のが載った新聞って、いつの?　取ってあるん?　後藤さん」

と大沢が尤もなことを訊く。

「一回だけじゃないんでしょ?　先生の作品が採用されたっていうのは。どれかは、まだあるわよねえ。」

「この前その話を母さんがしたのは、それほど前じゃないから、資源物回収にはまだ出してないのが、あるんじゃないかな。もしかして、母さん、切り抜いてるかも。」

「よし、後藤さん、直ぐにお母さんに確かめて。それからね、インタビューしてもいいか、訊いてね。」

「あら、大沢君、やけに張り切ってるんね。それ、菜々子の役割でしょ。」

「はい、もちろん、そうでごじゃいます、菜々子姫。取りあえず、始めの段取りをですねえ、拙者めが姫のためにー。」

あれは誰？

あれ、あれは椎名さんだよね。一緒に歩いてるんは、椎名さんのおばあさんかな。ゆっくりゆっくり、だね。杖をもってるね。先が四叉《また》に分かれているやつか。おばあさん、一歩あるいたら、やっとこさで杖を前に出して……。

……

ひゃあ、気が遠くなりそうなくらいに、ゆっくりだ。椎名さん、ちっちゃなリュック背負ってるから、あの坂本スーパーに行くんかな。あの調子じゃ、店にたどり着くまでに、どのくらいかかるやら。あと二〇分？

椎名さんが右手で、おばあさんの左手を取っている。おばあさん、けっこう力を入れて椎名さんの手を握っているみたい。特に、反対側の手で杖を動かすとき、しがみついてるんでは？

ありゃあ大変だ。俺だったら、あんなにゆっくり歩けないや。じれったくて、苛々するかもね。

……

ああ、見てるだけで、くたびれるよ。進まないなあ。

あああ、止まった。おばあさん、顔を上げて、どっか見てる。そうだな、歩いてるとき、ずっと下ばっかり見てたもんな。地面を、杖つく場所や足を運ぶ場所を確かめ確かめしてたんだろう。

椎名さん、何にも言わず、じっと一緒に立ってる。

あ、左手を右手の方に添えて……、そうか、今度は左手でおばあさんの手を取って、右手を上げて……おばあさんの背中をさすってる。これも、ゆっくりゆっくりだね。

リュックも、両手を空けてるための買い物袋代わりなんだろう。

ああぁ、まだ歩き出さないよ。


と、キーイッと自転車のブレーキの音がして、

「あら、大沢君じゃない」と菜々子の声。

「おう、平野さんか。どうしたん、こっちの方には滅多に来ないんと違う?」

「まあ、そうかな。今日はちょっとね。で、何してるん?　ずっと突っ立ってて、こんなところに。ここは道よ。」

「ほら、あれ。」大沢は顎で通りの向こうの方を示す。

「え?」

「おばあさんと二人連れがいるだろう?」

「ええ。あ、もしかして椎名さん？」

「そう。」

「おばあさんの面倒をみてるんかあ。……リュック背負《しょ》ってるから、買い物？　直ぐそこにスーパーあるもんね。」

「多分ね。けど、おばあさんの散歩のつきあいというのがメインかも。随分と時間がかかってるんよ。」

「ずっと見てたの？」

「うん。」

「そんなに見てたら、椎名さんに気づかれるかもよ。」

「あ、まずい？」

「ううん、そりゃあ分かんない。人によるわよね。椎名さん、温和しいから、ずっと見てられたら、困ったな、と思うかもしんない。」

「そうか。悪かったたな。だけど、椎名さん、辛抱強いよな。俺にゃあ、できないよな。」

「そうねえ。あ、やっと歩き出したわ。椎名さん、おばあさんの手を握って、支えてあげてるわね。それにしても、随分とゆっくりだね。」

「だろう？　あれじゃあ、五〇メートルも歩くのにたっぷりのひと仕事だよ。ここから、家、近いんかな。」

「少しでも歩かないと、寝たっきりになると言うからね。」

椎名さん、いいかなあー

大沢たち三人が次に集まったとき、椎名サクラのことを新聞で取り上げようか、ということになった。ただ、椎名本人の承諾を取る必要があるし、ＯＫということであればインタビューして、どういう思いでおばあさんと一緒に歩いているのかを聞きたい、ということで相談がまとまった。大沢君が椎名さんに話をもってゆくべきよ、と菜々子は主張したが、いや、ここはソフトに香澄の方がいいだろうとの大沢の意見が通った。大沢は男子だし、菜々っ子は元気がよすぎるし、というのであった。

それで、ＯＫが取れるか心配していたけど、案に相違して、椎名サクラは、いいわよ、と言ってくれ、香澄の質問にも快く答えてくれた。で、香澄はその後、椎名のことを「サクラちゃん」と呼ぶようになり、おのずと菜々子も、同じように名前で呼ぶことになった。

何だか、新聞が取り持つ縁で、よかったんじゃない、と大沢は言った。そうね、と菜々子も香澄も同じ考えだった。ただ、サクラは、相変わらずクラスメイトとお喋りすることは滅多になかった。必要がなければ、というわけだけど、お喋りは必要だからするというものではないわけで、これればかりはどうしようもなかった。

シルバーウィーク

(1)香澄の家で

三人はシルバーウィークを利用して新聞の作成を進めた。桂木先生のことでは、三人は香澄の家に、二度、集まった。香澄はなかなか立派な自分の部屋をもっていた。広くはないが、ピシッと決まった本棚があって、そこに整頓された本が並んで、何となく格調高いというか、そういう感じを大沢は受けた。大沢がもっているまともな本なんて、ほんの数冊で、雰囲気が全然違った。香澄は漫画を描きたいというから漫画本が沢山あるかと思ったら、そうでもなかった。何だか香りの高い文学作品や科学雑誌らしきものが、品良く棚に収まっている。

最初に香澄の部屋に通された大沢は、その後で菜々子と一緒に——と言っても、どちらかと言うと菜々子が中心に、インタビューすることになっている香澄の母親も、きっと知的な女性ではないかと想像した。なにせ新聞の短歌やら俳句やら欄に目を通すお人だからな、と思った。だが、幸いと言えばよいのか、香澄の母親はいたって気さくな、話しやすい人だった。下手の横好きで私も歌を詠んだりするのよ、おかしいでしょ、なんて笑いながら言うのである。カステラをお食べなさいな、カステラ嫌いの人にお目にかかったことがないから、これを用意しておくと間違いないのよね、あはは、と、それは美味しいカステラを出してくれた。お茶もおいしかった。熱々で、へえ、ペットボトルの冷たい飲み物ばかり飲んでいる自分にも熱いお茶がこんなに美味しいなんて、と思ったほどだった。

けど、何でも上等そうだな、菓子皿も湯呑みも……などと自然に思ってしまった。

ああ、それにしても、菜々ちゃんの家に一度行ってみたいな、どんな家に住んでるんだろう。自分の部屋、もってるんかな、などど、つい想いを巡らすのであった。菜々ちゃん、と心の中で呼んでいる自分に少し気恥ずかしくなりながら、である。

結局、香澄の母親へのインタビューは、ほとんどが菜々子が行った。俺って何してるんだろうな、何にも役に立ってないんじゃないか、と思ったりした。それを、再び香澄の部屋に戻ったときに菜々子たち二人の前で口にすると、いいのいいの、大沢君がいると、場が明るくなって、滑らかになって、とてもいいのよ、大したもんよ、と菜々子が言ってくれた。それはもう、嬉しい一言で、おどけてみせればよいかな、とチラッと思ったけど、むしろひっそりと、いつもの軽口も出ずじまいだった。

私が文章を書くつもりだけど、どういう記事にしたらいいと思う?と菜々子は香澄と大沢に訊いた。え、文章を書くのと記事にするのとは、どう違うの?と思ったけど、大沢は黙っていた。

「つまりね、桂木先生のことを書くんだけど、香澄ちゃんのお母さんのことをどういう形で入れるかってことよ。見出しは……。まあ、いいわ、まだ考え中だからおいといて。でも、〈数学教師の和歌詠む心〉といった感じのものにしたいんね。で、このことをどうして知ったのか、という説明部分で香澄ちゃんのお母さんを登場させる、それはそうなんだけど……。インタビューしたのは桂木先生でなく香澄ちゃんのお母さんなわけで、書く内容はこちらが多くなってくるでしょ?。」

「なあるほど、そういうことか。」

「菜々ちゃんが思うように書けばいいよ。気に入るまで、何通りか書いてみれば。長さに制限はないからね」と香澄。

「そう、そう。菜々っ子が得意だろう? 俺に訊いたって、猫に訊くようなもんだよ。」

「まあ、そうかも。」

おいおい、あっさり、そう言うんだよね、と大沢は拗ねたい気持ちだったが、菜々子は続ける。

「けどね、見出しは大きなものと小さなものと、というふうに幾つか付けてもいいわけでしょ？　その見出しをどうするか、パッと見たときの印象ってあるじゃない。その見出しの一つに香澄ちゃんのお母さんの名前を入れるとかね。何かアイデアあるでしょ、ねえ、大沢君。」

ともかく、こんなふうで、香澄の家で過ごした時間は、二回とも大沢にとっては実に素晴らしいものだった。新聞係というのも、いいもんじゃないか。

(2) 公園で

「ねえ、メインは漫画と桂木短歌と、サクラちゃんの三つでしょ？　ちょっと物足りないと言うか。何か埋め草がないとね。そう思わない？」

「埋め草って何だよ。」

「ああ、大きな記事の間を埋めるやつよ。どうでも好いけど、息抜きにはなるっていうか。」

「ほほう、〈数学教師桂木〉は、肩が凝る大記事になるわけですな。」

「香澄ちゃんは漫画も描くし、サクラちゃんのことも書くんだから、大沢君も何か考えて書きなさいよ。」

「ちょっと待ってよ」と香澄が慌てて口を夾んだ。

「私、サクラちゃんにインタビューしたけど、記事は菜々ちゃん書いてよ、お願い。中身はこの前、話したでしょ？　メモが必要ならメモも渡すわ。」

「ええっ。じゃ、やっぱり大沢君じゃない？」

「いや、いや、大沢めはですね、うーん、学級新聞を出すに当たって、使い走り大奮闘とか？」

「何も奮闘してないのに。……いいわ、私、書く。で、埋め草の方、何か考えて、書いてよ。真面目にね。」

「そうだ、みんなのニックネーム一覧、というの、どうお？」

「駄目駄目、自分のあだ名を気に入ってない人もいるかも知れないし、ニックネームがない人だっているかも。」

「そう、ニックネームがないって、人気がないことの裏返しの場合だってあるかもね。」

何だ何だ、女子って恐ろしく敏感なんだな。そういうこと、あるって言えば、確かにある。そういうの、ちゃんと計って付き合ってるのかなあ。大沢は、クラスメイトの顔を何人か想い浮かべようとしたけど、面倒で止《や》めてしまった。

「何、ぼんやりしてるの？　大沢君。」

「あ、いや、ちょっと。俺、いま何してたっけ。」

「何、言ってるの。何か新聞の材料。」

「そうだ、先生たちのあだ名の一覧ならいいんじゃない？」と香澄が言う。

「あ、いいかも。」

「けど、みんな知ってるから、いまさら新聞に載っけてもな」と大沢。

「きょうだいと親のあだ名は面白いかも知れないけど、プライバシーという厄介な問題があるしな。家庭の事情が分かったりして。」


新聞発行！

こぎ着けました、新聞発行。菜々子はクラスのみんながどのように受け取ってくれるか、気になってしょうがない。けど、できるだけ素知らぬふうをよそおっている。香澄はもちろん、漫画の評判が一番の気懸かりだ。大沢は菜々子のために、新聞が好評を勝ち得ることを強く望んでいる。

まず、担任の桂木先生の第一声が三人を喜ばせた。できあがったばかりのものを、みんなに配る前に、先生に届けた。

「おおっ、なかなかやるねえ。で、この数学教師が誰かってことは、作った君たちしか知らないということかな。〈そは誰ひとぞ?〉なんて書いてあるからね。」

「数学の先生は四人いるから、まあ、みんなに詮索する楽しみを上げようと思ったんですね」

と大沢。

「四人いらっしゃる、と言いなさい、大沢君」と、菜々子は大沢をたしなめといて、続ける。

「けど、見え見えかも。」

記事を書いたのは菜々子で、なるべく問題の人物が誰か、煙《けむ》に巻くように書いたつもりでも、うまくいったか自信はない。

「漫画もいいねえ。これ、誰が描いた?」

「私でーす」と香澄。

「〈めんどりクウちゃんの大冒険〉か。ニワトリが主人公って、珍しい気がするけど。いい表情じゃないか、ニワトリたち。よく、この……、幾つだっけ、ええっと、七つか、七コマに収めたね、この話。面白いよ。続編が欲しいね。次の号にも描くんだろう?」

「はい、そのつもりです。」

そこで菜々子が口を出した。

「先生、裏面も読んでください。こちらはどうですか？」

「ああ、ちょっと待って。」

かなりの間。先生、読むのに、けっこう時間がかかるんじゃない、と思いながら、菜々子たちは先生が読み終わるのを待つ。

「うーん、これ、椎名さんのこと、いい話だね。〈いい話を見つけました〉って書き出しだけど、確かにその通り。

で、おばあさんのことなど詳しく書いてあるから、椎名さんの話を聞いたわけだよね。それで、この文章、前もって椎名さんに読んでもらった？」

「えっ。いいえ。でも話を聞くとき、学級新聞に載せるつもりだけど、かまわないか、それは訊《き》きました。いいわよ、と言ってくれました。何か、よくないこと書いてますか？」

「いいや。そんなことは全くないよ。椎名さんの気持ちなど、よく書けてるし、おばあさんのご様子も目に浮かぶようで、なかなかの筆力だよ。」

「ああ、よかった。先生、驚かさないでくださいよ。」大沢が言う。

「菜々っ子、心配したじゃないですか。何か拙いことがあるかって。」

「いや。ただ、プライバシーの問題などと、今の世、うるさいからね、少し気にしただけだよ。椎名さんから了解とってるんなら、問題ないだろう。悪口とか、単なる噂話でもないしね。椎名さんって、優しい子なんだね。」

そして、みんなに配ったあと、クラスメイトたちからも、今度の新聞、読ませるね、といった声が多く聞こえてきた。気になった、椎名サクラの反応も、その、ゆっくり読んでる姿、表情、読み終わった後の様子からも、何も心配なことはないと思われた。

休み時間に、サクラはわざわざ菜々子のところにやってきて、こう言った。

「書いてくれたこと、少し恥ずかしいし、新聞なんかに載せてもらわなきゃよかったって気もするけど、何か、あたたかく書いてもらって、嬉しいのも本当だよ。ありがとう。」

これを聞いた菜々子は、心からほっとした。

気になること

数日が経った。サクラと同級の女子との会話が、以前よりは少し増えた気がするが、それほど目立つわけでもない。今どきの女の子たちは心得たもので、急に人気者にするとか、そのようなことはサクラの負担になると分かっていて、適度な距離の取り方を知っているのだ。菜々子も、菜々子の心の内を察している大沢も、ほっとして、少しのんびりした気分。ただ香澄だけが次回の漫画にもう取り組んでいる。好評に気をよくしているようだ。

ところが――、

或る日、サクラの様子が、少し沈んでいる。そのことに気づいた菜々子は、どうしたんだろう、と気になってしょうがない。その菜々子を見て、大沢も気づいた。

放課後、二人は香澄も誘って、公園に行った。

「ねえ、サクラちゃん、今日、元気がなかったね。」

「うーん、理由を聞いたもんか、それとも、お節介は止《や》めたもんか……。」

誰だって、元気なときと、何だかつまんないとか、憂鬱とか、いろいろあるからなあ、と大沢は思いつつ、こう言った。ただ、言ったものの、どうしたものかと、やはり気にはなっている。

「あの、私が気になるのは」と菜々子は切り出した。

「今日、サクラちゃん、ちっとも私と顔を合わせようとしなかったのよ。だから、あの新聞記事に関係があるのかも知れないって、ちょっと心配なわけ。」

「菜々ちゃん、考え過ぎかもよ。私、あんまり、サクラちゃんのこと、見てなかったから、何も言えないと言えばそうなんだけど。」

「よし、明日も椎名さんの様子がおかしかったら、俺が率直に聞いてみるよ。インタビューした後藤さんや、記事を書いた菜々っ子が訊けば、椎名さん、気を遣うだろうし、案外、男の俺が、さらっと尋ねる方がいいような気がする。全く別のことで浮かない顔をしてるのかも知れないけど、そんときは何もその理由を教えてくれって言うわけじゃないし。単純に、新聞記事のことだけを訊いてみるよ。」

「うん、そうしてくれる？　最初に記事を読んだときの感想は言ってくれたんだけど、そのときは何も問題なしだったよ。あのあと、何か変わったんかどうか。やはり、ね、菜々子としては、とても気になるよ。」

「よし、まかせてくれ。」

思いがけないこと

「分かったよ」と大沢が報告をした。それは、大沢にとっては念願の菜々子の家でのことだ。

香澄もいる。

サクラは淡々と話をしてくれた。自分が持ち帰った学級新聞を母親が見つけ、読み、サクラに苦情を言ったという。家《うち》のおばあちゃんのこととか、私、つまり椎名の母親のこととか、何もみんなに知らせることはないじゃないか、と。どの部分がいけないと尋ねたら、全部だけど、特に次の箇所は話して欲しくなかったし、書いて欲しくなかった、と。

「いいかい、そこんところ、読むよ。

〈私がおばあちゃんと坂本スーパーに行くとき、母は必ず、こう言います。おばあちゃんが何か買いたいと言っても、聞いたら駄目よ。何を買えばいいのか分からないんだから。〉

それから、

〈おばあちゃんは私に、いつも言います。サクラ、何でも欲しいものを買っていいよ。おばあちゃんは年金もらってるから、お金を少しはもっているからね。そして、チョコレートが並んでる棚のあたりにくると、必ずそれを買い物籠に入れようとします。それで私はおばあちゃんの手をとって、ありがとう、でも、欲しくないからね、と行って、次の通路に移ろうと、でも、ゆっくりゆっくりですが、おばあちゃんを歩かせます。

おばあちゃんは、お店では何か買わないと悪いよ、今日は何を買うのかい？と私に尋ねます。

実は、私には何も買うものがないこともあります。それでも、おばあちゃんは坂本スーパーに行くのが好きだから、一緒に行きます。公園に行こうかと誘っても、坂本さんところが近いじゃないかい、と言います。それに、何か賑やかでいいからね、と。それで、私もおばあちゃんの散歩と割り切って、何か買う当てもないまま、お店に入ります。〉

そいでね、椎名さん、お母さんに、その文章は自分で書いたのか、って聞かれたんだって。で、それはお友だちが私に成り代わって書いてくれたみたい、上手にまとめてあると思う、と答えたんだって。そしたら、お母さん、それを読む人は誰だって、サクラが自分で書いたと思うに違いない。わざわざ自分と自分の家のことを、どんなつもりで書いたんだろうね、あの子は、って陰口叩かれるんじゃないか、とかもおっしゃって、ともかく、お母さんは不機嫌なんだって。

そいで、まだある。

大体が中学になってまで学級新聞やら何やら、何やってるのだろうね、この学校は、って。人がどんなふうに暮らしてるかなんかに興味をもたせるのは学校の仕事じゃない、とかね。人に自分の家のことを覗かれるようなことは嫌なんだよ、というのが、椎名さんのお母さんの一番の根っこにあるものみたいだよ。」

そうか、と菜々子も香澄も、落ち込んでしまった。

「サクラちゃんに、謝《あやま》ろうか。」ポツリと菜々子が行った。

「だけど、もう、みんなに新聞、配ったんだから、それは取り消せないし、ほんとに、そんな悪いことだったんか。いい話として取り上げようとしたんだよ。元々俺が、これは学級新聞で紹介して、辛抱強くおばあさんの面倒をみている子がいるよ、見習わなくっちゃね、と、そんな気持ちをもったたから始まったんだもんね。」

「ううーん、どうしたらいいんかね」と香澄。

三人とも黙り込んで、だけど、その内、何か考えるというより、ぼんやりして暫くの時間を過ごしたようだ。

菜々子が口を開いた、

「先生に相談してみる？　先生、この前、プライバシーがどうのって言ってたよね。」

「いいや。先生んところに持ち込むと面倒だよ。それに、これは俺たちと椎名さんとの問題だ。」

「サクラちゃんと、サクラちゃんのお母さんとの問題とも言えるけどね」と、これは香澄。

「へえ、さすが後藤さん、クールだね。……俺さあ、この話を新聞に載っけようと思いついたんは俺だ、ってことを、椎名さんに話すよ。どんな気持ちで取り上げようと思ったのかも、話す。で、場合によっては椎名さんのお母さんに話に行ってもいいよ。うん、その方がいいかもな。分かってくれるよ。」

それから数日後の土曜日の夕方……、

「椎名さん、俺をお母さんには会わせたくなかったようなんで、俺、住所調べて、強引に今日、訪ねていったよ。で、帰れ、ともお母さん、言えないだろう？　そいで、あれこれ話したってわけ。」

「え？　どうだった？」と菜々子と香澄。

「うん、完全に分かってくれたかどうかは分かんないけど、話をしてしまったあとは、何だか、押しかけてきた男の子に迷惑そうな感じだったのが、なくなった、少なくとも、そういう感じだったよ。せっかく来てくれたんだからお茶でも飲んでいきなさい、ってお菓子しも出してくれたし。そこにね、椎名さんとおばあちゃんが散歩から帰ってきたんよ。そしたら、椎名さんのお母さん、〈おばあちゃん、こちらは、サクラのお友だち〉って言ってくれて。……ねえ、そのあと、俺、感激したよ、〈サクラ、いいお友だちをもって、よかったね〉って。」

「それ、サクラちゃんのお母さんの言葉？」

「そうだよ。そしてね、おばあちゃんが俺の手を取ってね、〈ああ、サクラは良い子でしょう？

仲良くしてやってください〉って。椎名さんの顔、赤くなってた。」

「そお！　じゃ、明日《あした》、学校で会うとき、サクラちゃん、きっと朗らかになってるね。」

二　サクラ

サクラのこと

実は、大沢が菜々子と香澄には話さなかったことがある。それは、サクラの家はかなりつつましい生活をしているのではないか、と感じたことであった。サクラが大沢を母親に会わせようとはしなかったのは、単に母親がどんな態度をとるか、それを危惧したからだけのことではないような気がした。何だか、自分の幾分かみすぼらしい家を見られるのが嫌だとか、そういう気持ちも働いていたのではないか、そんなことを思ったのだった。

こんなふうに人の気持ちの裡《うら》を推し量るようなことは、大沢はこれまで余りしたことはなかったので、自分でも妙な気分がした。至って単純な性格で、友だちとも適当に付き合い、軽口をたたくのが面白い、それが小学校の何年生の頃からだったか、習い性になっていた。

椎名さんは、別に性格が暗いというのではないな、これが今の大沢の感触であった。俺は何て表面しか見てなかったんだろう。いや、何にも見てはいなかった。関心がないだけなんだ。このように振り返ってみて、そのような振り返りも自分には珍しいことだと思った。

サクラの家を訪ねたとき、サクラの母親だけがいた。玄関を開けてもらって、靴脱ぎ場で用件を言うと、その母親はしょうがないという態度で耳を傾けた。菜々子たちに報告したときには、お茶を出してくれたのはサクラとおばあちゃんとが帰宅する前であるかのように話したが、それは本当は二人が帰宅した後のことであった。

帰宅したサクラは大沢の顔を見て戸惑い、しかし、母親が大沢に家に上がるように言うと、少しほっとしたように思えた。部屋はきちんと片づいていたが、古いのは否めなかった。昔風の造作で、部屋が二間、開け放たれた襖半分と敷居とで分かれ、長押《なげし》の上部には欄間《らんま》があった。と言っても、大沢は長押も欄間も、その呼び名を知りはしなかったのだけれども。

その家では静けさが支配していたように思えた。お母さんとおばあちゃんと椎名との三人暮らしではないか、と直感した。父親やサクラの兄弟か姉妹かがいる気配を感じられないというか。

学級新聞のことで菜々子と一緒に香澄の家に集まったときのことを想い出し、そのときに感じたことと比べていた。香澄は間違いなく独りっ子だと思えたが、香澄の家では、サクラの家と同じく賑やかというわけではないものの、何かがっちりした生活があると思えた。「堅牢な」という言葉を大沢は思いつくことはできなかったけど、まさに堅牢な、自信に満ちた生活を香澄は手に入れている、そういう雰囲気であった。だが、サクラの家はひっそりした感じ、サクラの母、祖母、サクラの三人に大沢を入れて四人が居て、――おばあちゃん一人は次の間の畳の上に置かれた椅子に腰を下ろしていたが――、妙に静かだった。

同じ独りっ子でも、香澄とは違う。いつだったか、香澄のことを暗い性格ではないかと菜々子に言って、人のことが理解できないのね、と言われたことを想い出す。

大沢には歳の離れた弟がいた。まだ小学校の二年生である。大沢が中学に入学した去年が弟の小学校入学の年だった。菜々っ子んところはどうだっけ。学級新聞係の三人が菜々子の家に集まったとき、ああだこうだとお喋りしていて分かったんだったが、お姉ちゃんとお兄ちゃんがいるのだった。二人はこの付近では進学校とされている高校の三年と二年だ。「年子というやつで、菜々ちゃんだけが、ちょっとだけ歳が離れているんだよな」と、末っ子であるとはどのようなことかと想像してみる。末っ子だから、あんなふうに、何て言うか、甘えん坊というか、怖いもの知らずという言い方でも言い得てないし、いや、ちょっと違う、自信がある、というのでもなし、まあ、要するにああいう性格なわけだ。

いや、兄弟があるとかないとか、それは一部分の要素だろう。ここまで考えて、大沢は、単なる勘に基づいてあれこれ性格を言ってもしょうがないよな、と、それ以上に考えるのは止《や》めにした。かなり後で分かったことだが、大沢のサクラについての勘は半分当たり、半分は外れ、であった。

その後、大沢は、サクラがおばあさんと一緒に、散歩というか買い物に行くというか、ゆっくりゆっくり連れだって歩いているのをよく見かけるようになった。以前にも同じような頻度で目にしていたのかも知れない。ただ、誰であれ通りを歩く人なんかには何の関心ももたずに、そのときどきの目的地に向かって、大抵は自転車でさっさと通り過ぎていたので、気がつかなかっただけなんだろう。そして今の大沢は、サクラとおばあさんの二人連れを見るたびに、サクラに感心するのであった。時間の流れが違う。ああいうテンポで時間と付き合うということは自分には全然なかったような気がした。

そして、通りでサクラの姿に気づくようになったということは、学校でもおのずと、サクラがどのように振る舞っているかに、以前と違って敏感になったのは間違いない。それがどういうことかは、自分でも分からなかった。ただ、自分が知らない或る生活というものがある、そのことを感じさせられるのだった。

或る放課後の香澄と菜々子

「ねえ、菜々ちゃん、大沢君、近頃、前より、おどけた喋り方をするの、少なくなった気がしない？」と香澄が言った。

「そうお？　言われてみれば、そうかも。ふざけ方が減ったような気、確かにするね。どうしたんかな。」

「少し、勉強の方に身を入れるようになったんかしらね。」

「そうねえ、もう二年の二学期と言えば、中学も半分過ぎて、後半戦だもんね。受験とかもあるし。大沢君でも、受験なんかを気にし始めるってことかな。

あ、そう言えば、香澄ちゃん、香澄ちゃんももう受験勉強とか考え始めた？」

「そりゃあ、もっと前から考えるだけはしてるよ。ただ、受験のための勉強そのものの方は始めてはいないだけ。何か、先送りしたくない？」

「そうなんだよねえ、どうしてもね。で、菜々子は、やっぱり学級新聞の第二号のことの方が気になるな。ね、漫画、描いてる？」

「もち、着々と、二話、三話と、クウちゃんの続きを描いているよ。」

「そうか、いいね、香澄ちゃんは。私、第二号をどんな内容にするか、まだ、さっぱり判《は》っきりしない。あああ、秋深き、というのは、何か人をもの想いに引きずり込んで沈めてしまうとか。」

「沈めてしまう？　なに、それ。何か、やる気が湧き上がってこないとか、そんな感じ？」

「うーん、ちょっと違うな。サクラちゃんのことね、なんとか拙いことにならなくてよかったんだけど、難しいな、人のことを話題に取り上げるって、と、まあ、あれこれ思うわけですよ、菜々子としては。」

「新聞で話題にする、って、結局は誰か人のことになるよね。記録的な暑さでした、ってニュースでも、人が暑い暑いと困ったとか、誰かがこんなにして暑さを乗り切りましたとか、結局は人のことになるし。……ねえ、今度、大沢君も一緒に、第二号の相談しようか。」

「そうねえ。また、大沢君のふざけた言葉を聞きたい気もするね。どうでしょうね。ちょっと調子が狂っちゃうことになるかなあ。」

サクラの祖母

椎名サクラには、このところ困っていることがあった。それは祖母が、いつかきたあの男の子の友だちを家に呼んだらどうだい、と、しょっちゅう言うことであった。男の子というのは大沢のことであった。サクラの家には、サクラが小学校高学年の頃からは、男友だちどころか、女友だちも遊びに来たことがなかった。それで祖母としては、大沢の来訪がよほど嬉しかったのに違いない。

サクラは祖母には可愛がられて育った。どの家でも母方の祖父母の方が甘えやすいということがあるようだが、母の両親はもう亡くなっていた。亡くなったのは祖母の方が早く、母が成人して暫くしてから、祖父は母の結婚の二、三年後だったらしい。父方の祖父はどうだったのか、サクラは話を聞いたこともなかった。多分、かなり前のことだろう。で、サクラの母は結婚後、夫と夫の母と三人で暮らし始め、そのうちにサクラが生まれたわけであった。それで、父方の祖母にサクラが可愛がられたというのは、単に、生まれたときから一緒に住んでいたから、という理由だけではなかった。それには事情があった。その事情をサクラが理解するようになったのは、小学校も高学年になってからのことだ。

父は普通の会社員だったが、或る程度は大きい会社で、サクラがまだ幼稚園の頃、地方の支点に単身赴任した。そして母は、サクラの面倒を祖母に頼んで、保険の外交の仕事を始めた。それはサクラが小学校の五年のときまでは続いた気がする。

ところで、父は地方に行ったきり、帰ってこなかった。最初のうちは二、三ヶ月に一度は帰ってきていたらしいが、それが盆暮れだけになり、それから、ぱったりと足が途絶えた。赴任先で付き合いだした女性がいる、というのが理由であることをサクラが知ったのは、もう父の顔を何年も見てなくて、父の存在そのものが薄い影のようで観念として時に想い出す、というふうになっていた頃のことだ。父は、本社に帰るようにとの辞令を受けたとき、それを断り、退社し、現地で懇意になった女性と何かお店の仕事をしているらしい。

で、父母が離婚したかというと、そうではない。なぜ別れないのか、よくは分からない。けれども、いま祖母が弱って、サクラの世話をするどころか自分が世話を受ける身になったとき、母は自分が不実な夫の母の面倒をみるしかない、と考えているのだろう。それには、サクラが小さいときからずっと祖母にみてもらい可愛がられてきた、ということ、そして、祖母がサクラをみていてくれたので自分が仕事ができたということの、お返しという気持ちもあったのだろう。

そこで母は、祖母を一日中独りにしておくわけにはゆかないと、保険の仕事は止めて、午後遅くからのパート勤めに切り替えた。自分が外に出ても暫くするとサクラが学校から帰って、祖母の相手をしてくれる。それが安心だと考えたのである。サクラが中学校に行ってからも、サクラの帰宅はそれほどは遅くならないので、この遣り方が続いている。実は、サクラがどの部活にも入らず、授業が終わるとさっさと帰宅するのも、こういう事情があるからだった。

それにしても、父が自分の母親を平気で、自分が見捨てた妻にまかせているということは、サクラには理解できなかった。ただ、父は、赴任当初から数年の間は給料の大半を家庭に入れ、会社を辞めてからさえ細くはなったが送金は続けているらしい。最初は残した家族の何とかなる範囲での生活費、サクラの養育費というつもりだったのだろう。そして今は、自分の親の面倒をみてもらっていることのお礼という意味合いにも心が向いているのか。サクラにはよく分からないが、そんなところなんだろうな、と思っている。ただ、実際にはどの程度の仕送りを受けているのか知らない。母が決して豊かではない、いや、ぎりぎりの家計をやりくりしているのは間違いないと思っている。

ところで、最近、知ったことだが、サクラの家と土地とは、祖母のものらしい。サクラが住んでいる町は典型的なベッドタウンなのだが、非常に古くに開発されたところで、祖父母はその最初にここに住み始めた人たちのグループに属していた。家が余り大きくなく、古いのも、当時の家のままだからである。新しい宅地になればなるほど見栄えのいい家が建つようになり、古い住居も、代替わりのあと立て替えて立派にしたところも多い。

土地と建物とが祖母のものであることをサクラが知ったのは、或るとき——それはサクラが中学生になってからだったが、母が頭を抱えて、どうしたものだろうね、と、ふとサクラに言ったことが切っ掛けであった。「おばあちゃんが亡くなったら、ここに住めなくなるということがあるかしらね」と言うのである。驚いたサクラは「どうして？」と訊いた。祖父の死後、祖母の所有に移った不動産を相続する権利はサクラの父にある、というのが母の答であった。そんな馬鹿な、とサクラは思った。全くここには住んでいない父にそんな権利があるものか、とか、どうせここに住むことがない父には必要ではないじゃないか、と思ったが、法律というのによれば、どうもそういうことらしい。

母は、この件について祖母と相談したいらしいが、思い切りがつかないらしい。父とは話したくないのはもちろんであるに違いない。サクラは、ふと思った。父はこの家のことは忘れているわけで、相続のことなども考えもしていないのではないか、と。けど、いつか、相続という現実は浮上してくる。そして、仮に今でも、相続ということを意識するようになったら、父がどういう考えをもつのか、サクラには不安がある。まさか、自分の娘、つまりサクラまでが困ることになるようなことはしないだろうと思う一方、自分には父のことは何にも分からないとも思う。

話が大沢のことから離れてしまったが、祖母は、自分の息子がとんでもないことをして、自分の家族を放ってしまっているのが済まない、済まない、と思っているのは事実だ。祖母がサクラを可愛がってきたのも、そんな息子の罪滅ぼしという、そういう気持ちもあったんだろうな、と今のサクラは思いもする。単純に祖母になついていた自分の他に、そういう事情を理解するサクラもいるということだ。そして、祖母は、学校に行っているときのほかは、いつも自分の相手をしてくれるサクラが誰とも友だちづきあいもしないことを、もしかして自分のせいではないかと、気に病んでいたのであった。

ところで、サクラの困っていた状態、祖母が大沢を家に招きなさいよとしょっちゅう言うので困るという状態は、或るとき偶然にも解消された。例のように祖母と一緒に坂本スーパーに向かって歩いているとき、大沢に会ったのであった。大沢が時々サクラと祖母との二人連れを見かけることがあったのは、どういうわけか決まって通りの反対側からであったが、その日は同じ通りで正面から出会ったのだった。

「ああ、椎名さん」と大沢が声をかけた。

「今日も、おばあさんと一緒だね」と、続けた。

すると祖母は、サクラが答える間もなく、

「ああ、いつかの」と言って、続けた。

「サクラがお世話になってるようで。本当にありがたく思ってます。また、家に寄ってもらえると、どんなに嬉しゅうことでっしゃろか。」

サクラは、おばあちゃん、止《や》めてよ、と思ったけど、口にするわけにもゆかず、ただ、黙って、祖母の手を握りながら立っていた。祖母の手をきつく掴んで合図するということも思いつかなかった。

幸いなことに、大沢が愛想よく言った。

「ああ、はい。その内に行きます。椎名さんがいつも一緒で、おばあちゃん、いいですね。」

「そうなんですよ。ありがたいことで。サクラはもう、私を大事にしてくれて。申し訳ないとだけんど。」

そして大沢は、ほんとに次の日曜の午後にサクラの家に現われたのであった。

公園へ

その日、大沢は、サクラのおばあさんの散歩に付き合うのを試してみようと思ったのであった。サクラの母親のことも、実はまだ気になっていた。学級新聞の記事のことを本当に許す気持ちになってくれたのか、心の中では燻《くすぶ》っていて、サクラに対して、もしかして腹を立てたままでいるのではなかろうか、など、若干の疑念が残っていたのであった。だとしたらサクラに済まない、という気持ちがあった。学校でのサクラは、あのときのように沈んだ様子を見せることは、その後なかった。それで大沢も菜々子も香澄もほっとはしたのであったが、大沢は、自分が菜々子と香澄に報告した、二人を安心させるような内容には、少し誇張があった気がしていた。そして、肝腎のサクラは相変わらず、クラスではもの静かに、ひっそりといるのであった。

「椎名さん、今日、おばあさんとの散歩は終わった？　まだだったら、一緒に、と思って。」

そう大沢はサクラに言った。

大沢の訪問に戸惑っていたサクラは、渡りに船と、祖母に声をかけた。

だが祖母は、「私はいいから、二人で遊びなさいな」と言う。サクラは固《もと》より、大沢も、ここはと祖母を口説く。二人で遊ぶだなんて何をすればいいのか二人のどちらも分からない。会話も、何を話せばいいか分からない。

そこで二人はなんとかサクラの祖母の腰をあげさせることに成功した。本当は祖母も嬉しいのである。

「今日は公園に連れていってもらおうかね」と言う。

え、とサクラは思う。誘っても決して応じないから、もう公園に行こうか、と誘うことはなくなっていたからである。

「何かおやつをもっていこうかね」と祖母が言う。

「おせんべいがあったね。おせんべいは固くても、若い人たちは歯が丈夫だからね。」

サクラは、おやつなんかいいよ、と言うと大沢に悪い気がするし、黙って従うことしかできなかった。


三人はゆっくりゆっくりと歩いていった。サクラが祖母の手を取り、途中で暫く立ち止まったあと、大沢がその役目を引き受けた。そしてその後は、再び三度《みたび》の休憩のあともずっと大沢が祖母の左手を握って歩いた。干からびているけれどつるつるしている皮膚、冷たい皮膚だった。

「おばあさん、何が一番、楽しみですか」と大沢は訪ねた。

「そりゃあ、こうしてサクラと一緒に散歩すっことだね」と祖母。

サクラは少し顔を赤くし、それでも嬉しいんだろう、

「だったら、スーパーでなくて公園の方にすれば、たくさん散歩できるよ」と言った。

公園に着いて、サクラと大沢は祖母をベンチに座らせた。

「おばあちゃん、疲れなかった？」とサクラ。

「なんの、なんの。ここではベンチに座って、おやつも食べられて、いいね。あんたたち、おせんべいを食べなきゃ」と言う。

そして、公園で遊ぶ小学生の一団に目をやっている。

サクラも大沢も、せんべいを食べないと悪い気がして、ぽりぽりと食べる。で、大沢がサクラに言った。

「椎名さん、喉が渇いたでしょ？　俺、ちょっとその辺りの自販機で飲むもの買ってくる。何がいい？」

え、と不意をつかれた気もしつつ、確かに喉が渇いていると思う。だが、自販機で飲み物を買って飲む習慣がサクラにはなかった。どんなものが売ってるのか、おおよそは知ってはいたけど、直ぐには何を飲みたいのか思いつかない。

「大沢君と同じものにして」と答えた。

「分かった。もし、好みでなかったらごめんね」と言い、それからサクラの祖母に尋ねた。

「おばあちゃんは何がいいですか？」

うーん、私は要らないよ、と言おうとしたけど、自分も喉が渇いたなと思い、

「ジュースにしてください」と答えた。それからサクラに向かって、

「サクラ、お金！」と言った。

大沢は慌てて言った。

「いえ。ちょうどコインをもってますから。で、ジュースは何がいいですか？」と再び尋ねる。

祖母は戸惑った。ジュースはジュースだけれど。

サクラが言った、

「あのね、オレンジジュース、お願い。炭酸が入ってないのにしてもらってぃーい？　で、お金、私も小銭もってるけど。」

「分かった。お金は大丈夫。心配しないで。」と言い置いて大沢は急いで広い道路の方に向かった。

サクラは、ありがとう、大沢君、と心の中でつぶやいた。今日は何だか、気持ちがぼんやり

とゆるんでいるような感じだった。祖母の足取りを気にして歩く、ということをしなくて済んだからであったろうし、また、少しの会話が、胸を広い公園の空間や空に向かって開いた、そのような感じがした。

大沢は買ってきたコーラをぐいぐいと飲み、サクラと祖母とは少しずつ、ゆっくりと喉を潤した。

静かだった。いつも誰かといれば軽口ばかりのお喋りな大沢には、その静かさがなぜか気持ちよかった。

電話

サクラの祖母が何度も何度も繰り返して言ったお礼の言葉を、大沢は想い出していた。そのお礼は、自分に付き合ってくれたこと、手をとってゆっくりゆっくりの散歩を手助けしてくれたことへのお礼というより、サクラを訪ねてきたことに対する感謝の気持ちの表明だと大沢には思えた。そしてそれは、サクラが可愛いゆえの気持ちであるよりは、何か違ったもの、サクラに対する申し訳なさが底にあってのものに感じられた。大沢がサクラの友人としていてくれるなら、そのことで自分のサクラに対する申し訳なさが減じるというような、そのような気持ちと一体になった「ありがたい訪問」だった、お礼を言わないではおられないのだ、これが大沢が直感的に理解したことである。

そしてサクラはと言えば、祖母との関係の取りようは、孫として甘えることのできる祖母に対するもののようにはみえなかった。孫という立場を自覚している、いわば知的に自覚しているゆえのものとでも言えばよいのか、立場に相応しくあろうとする、言うなれば大人としての接し方だよな、というのが大沢の受け取り方だった。

大沢にとって祖母とは第一に母方の祖母で、遠く離れて暮らしているが、たまに行くと大歓迎してくれ、そこでは思う存分、好きに振る舞え、ご馳走をつくってくれる存在であった。そしてそれは、実家に帰る母にとっても似たようなものである気がしている。ただし、母はけっこう祖母を気遣い、祖母が普段は食べないような料理をつくったりはする。しかし、それにも全くの気楽さが伴っている。そして、その母を含めての全くの気楽さこそ祖母と祖母の家の真髄であった。ところが、そのような気楽でうち解けた関係がサクラとサクラの祖母との間にあるものやら、大沢にはよくは分からなかった。これはサクラの祖母には歩行困難ということがあるからだろうか。いや、違う、と大沢は思う。

サクラの祖母が大沢に向ける感謝の気持ちには、懇願も混じっていた。「また、お出でくだされ」、これが祖母の心の中心にあったのは間違いない。そして、その気持ちをないがしろにするとしたら、そこに後ろめたさが生じる、そういう心持ちも大沢に生まれていた。サクラ自身がどう思っているのかは分からない。けれど、自分の訪問が祖母とサクラとを幸福にする実に簡単な一つの行為であるように思えて仕方がなかった。自分が人の幸福に関与するかも知れないなどと思ったこともない大沢にとって、これは一つの発見であった。思い違いでしかないかも知れないが、そのように感じて、ドキリともしたのであった。

だが、そのような行為を実行に移すことなく、日は過ぎていった。それが当然とも思えた。

が、転機が訪れた。サクラの母から一本の電話が大沢にかかってきたのである。

一通りの挨拶ののち、用件に入る前にサクラの母は言った、

「うちのおばあちゃんが、やいのやいのと言うんで、電話をしてます、ごめんなさいね」と。

大沢は訪問の催促かと思った。だが、違った。サクラは高校に進学しないと言っている。なぜなのか心当たりはある。というより、判っきりしていると思っている。けれども、大学はと

もかく高校には行かせたい。今どき、大学にだって行くのが当たり前なんだから、まずは高校にはどうしても、というのが母の言い分であった。で、なぜそんなことを俺に、と大沢は思ったが、黙って次の言葉を待った。

「おばあちゃんが言うにはね」と相手は続けた。

「あなたなら、サクラを説得できるかも知れないって言うの。」

なるほどな、と思った。俺に説得できるとは思わないけど、サクラの祖母がそう思いこむことについて、なるほど、と思ったわけである。サクラが高校には行かないという理由も知らないのに、説得も何もないだろうと思いつつ、何て言えば分からず黙ってサクラの母の声を聞いていた。

ところが、電話の相手はこう言った、

「電話では何ですから、私に会ってもらえないかしら」と。

「サクラに対してどうしていただくということの前に、話を聞いてもらえると、それだけでも恩に着ます」とサクラの母はきっぱりと言った。強い願いを感じ、大沢は応じることになった。

喫茶店にて

サクラの母から大沢が聞いたことは、先に述べた、サクラの家庭の事情であった。

「こんなことをお話するのは恥ずかしいんですけど」と彼女は言った。サクラの母は、サクラが気にしているのは家庭の経済状況のことに違いないという、そのことだけを話そうかと思ったけれど、つい、というか、サクラを説得してもらうには、その状況にまつわる複雑なことも知ってもらう方がいいという気持ちも働いてか、夫のこと、夫の母であるおばあさんのこと、自分の仕事等についても語ったのであった。

「サクラは、何だか世間に遠慮して生きているような、そんな気がするんです」と言った。

なるほど、そうだな、と大沢は思った。遠慮ねえ。学校でのサクラの起居《たちい》振る舞いの根本にあるものを的確に言い当てているように思えた。親って、子どものこと分かるんだな、とも思った。けど、だったら、サクラがそのようにならないように、何かしてあげるのも親だろう？とも思いながら、大沢は聞いていた。俺にどうしろと言うんだ。

だが、サクラのことが不憫に思えてきた。

「で、高校にゆくのに必要なお金は心配要らないということですか？」と単刀直入に訊いた。

失礼な問いかどうか、考えもしなかった。

「もちろん、何とかなります。今のパートの仕事の前はそれなりにお金が入っていたので、サクラの将来のことも考えて貯金してきましたから。だけど、そのことをサクラに言っても、そんなお金なんて直ぐに消えてしまうよ、と言うんです。」

「バイトできますからね、高校になると。……うーん、この町だと、そんなにバイト口があるか、判っきりは分からんですけど」と、勢いよく言い始めたのはいいけれども、直ぐに腰砕けで曖昧になってしまったが、大沢なりに何か明るい見通しを言ってみたかった。

「いろんな高校あるけど、どの学校にするかにもよりますよね」と大沢は話を続けた。

「家から通えるところってことになりますか？　受かんなきゃいかんということもありますけど、椎名さんは勉強できるから、問題はないか。」

「サクラの成績はいいんでしょうか。」

「うーん、正直、印象としてしか分かんないです。けど、真面目だから。……、あっ、そうだ、先生に相談っていうのがいいんじゃないですか？」

「それも考えましたけど、先生って、親と同じで大人でしょ。中学生の目で見て、高校をどう考えているかなあって。大沢さんだとサクラと同じ目線で考えてくれるかと思って。」

そして言葉を継いだ。

「サクラは真面目だっていうけど、ほんとのところは、どう？　ただ、ふざけたりはしないというだけ、ということもないかしら。」

「正直、授業で手を挙げる方ではない、そういう意味での真面目とは違うかも。けど、試験の答案もらうじゃないですか。そういうとき、顔が嬉しそうだから、いい点、取ってるんだと思います。高校に行かないと、もったいない気がします。椎名さん、勉強は嫌いじゃないと思いますよ。」

「そう。何のために高校ゆくのかってことあるけど、取りあえずは行かせたいと思ってて……。」

「大抵の人は取りあえず、っていうか。いや、大学に行こうと思ってると、高校に行かんわけにはいかんじゃないですか。大学にゆくのも当然と思ってる人も、けっこういると思います。勉強、ちっとも好きではないのに、大学には、なんて考えて……。やっぱ、就職のこととか考えるんですかね。俺なんて、漠然と、やっぱ高校、受かるとこ受験して、それから……って心のどっかで思ってる。周りがそうなんだから、単純にそうなんだか。」

「そうでしょ？　だから、サクラにも高校に行って欲しいのよね。」

「椎名さんは、人とは違うんじゃないですか？　何だか大人びてますよ。クールというか、いや、何ていうかな、周りのことを気にせず、自分は自分というか。」

「それがいいことかどうか。友だちがいないんですよね、それは私が悪いのじゃないか、と最近になって、つくづく思ってるんですよ。で、おばあちゃんはずっと前から、そう思ってたみたい。いや、自分も含めて、家庭がちょっとサクラに無理をさせてきたんだって。」

大沢は黙ってしまった。サクラのいろんな姿を想い浮かべようとした。学校での様子も想い浮かべたが、最も鮮明なのは、やはり祖母と散歩しているときの姿。それから、公園で、サクラとおばあさんと自分と、三人でコーラを、いや、おばあさんだけオレンジジュースを飲んだときのこと。あのときのサクラの様子は印象的だ。目に浮かぶ。サクラの寛いでいる様子は、あのときしか見たことないんじゃないか、と思う。そして、自分はいいことした、という思いがある。

自分にも何かできることがあるか。サクラは、いや、サクラも、やはり高校に進む方がいいんじゃないか。行かないとすると、どういうところに勤めるんか。就職するんだろうけど、その具体的なイメージが湧かなかった。一五、六の歳でお金を稼ぐとなるとコンビニや飲食店でのアルバイトしか思いつかない。世間にはいろんな仕事があるんだろうけどな。

「椎名さん、もし高校に行かないなら、どうするって言ってますか？」尋ねてみた。

「それは、働く、と。けど、どういうとこで働くかは、そのうちに見つける、まだ一年以上あるし、と、こうなんですよ。」と母親は答える。

そりゃあ、そうだろう。けど、具体的にはどうなるんかな。

「うちの学校、就職指導なんかやってないんじゃないかと思います。進路指導というと、どの高校受けるかっての相談ちゅうか。」

「そうでしょ？　高校に行くのが普通でしょ？」

「いやあ、そうだとも決まってない……のかも……。よく分かりません。」

「サクラに、高校に進学するよう、勧めてもらえませんか。」

「お母さんに頼まれた、と言うんですか？」

「いえ、そこんとこは考えてなかったけど、内緒にはできませんか？」

「普段、ほとんど口きかないから、急にそんな話するの、無理があるかも。」

「学校で、サクラは誰ともお喋りしないんですかー。女の同級生とも？」

「いやあ、そういうわけでも……。」大沢は困ってしまった。サクラと親しい人、気楽に声をかけ、率直に心を割って話せる人……、どこにいるのやら。

「椎名さん、今でも、おばあさんの散歩、付き合ってるんでしょう？　だったら、その散歩のお手伝いをするってことで、何か椎名さんとも話してみますか。」

「そうしていただける？　よかった。」

ああ、なんていう申し出、してしまったんだろう。

けど、何か役立つかも知れない？　俺の出番があるう？

少しだけ寒い日

大沢がサクラの家を訪ねたとき、サクラの祖母は言った、

「今日は散歩するには寒いから、二人で行っておいで。公園でも何処でも。で、帰りに坂本さんところで美味しそうなお菓子を買ってくるといいね。」

大沢とサクラとは当惑した。

「そんなに寒くはないですよ」と大沢は言った。

「年寄りには寒いんさね」と祖母。

無理強いはできないし、余り祖母を誘うと、サクラが、私と二人きりになりたくないのね、

と思ってしまうのもよくないと思い、

「そうですか」とだけ言った。サクラの顔を見ると、

「ちょっと出ましょうか」と言う。大沢も、この前サクラの母親に頼まれたこともあるし、いや、そのことがあるから訪ねているわけで、或る意味ほっとして、「そうしようか」と応じた。


「今日、まだ、そんなに寒くないけど、秋が終わるのも、もう直ぐだね。寒くなると、おばあさんとの散歩も大変になるね。」

「うーん、そうねえ。道の途中で立ち止まったりするとき、寒さがこたえること、あるよ。けど、あんまり寒いと、おばあちゃん、家から出ないから。……でもね、家にばっかりいると、足腰、弱くなるでしょ。それも心配なのよね。」

「そうかー。」

話ながら二人の足はおのずと公園に向かった。

「ちょっと先の話だけどー、学校で冬休み前に進路相談があるじゃない。椎名さん、どんな方針か、決まった？」

「卒業したら就職しようと思ってる。」

「えっ？」と大沢は驚いてみせる。

「どうして？　高校に行かないん？」

「うん。」

さて、どのように話を進めようか。

「椎名さん、成績、いいじゃない。高校、行かないってことないんじゃないかなー。」

サクラは黙っている。即座に、もう決めたの、と言われなかったので少しほっとしたものの、次に何と言えばよいものやら。

「大沢君は高校に行くってことよね。どの高校か、志望、決めた？」

「いや、まだだよ、三年になってからの成績なんか、みなくちゃ分かんないよ。けど、どっかの高校には行きたい。椎名さんも、高校、行くのがいいんじゃないかなー。」

「うーん、あれこれ考えたんだけど、就職する方がいいみたい。」

「就職したいの？　したい仕事ってあるん？」

「それはまだ、よく分かんない。でも……」と言いよどんだ。

お金のこと？稼ぎたいの？と訊くわけにもゆかないと思った大沢は、次に何を言おうと考えた。

「それがいいのよ。」ポツリとサクラが言う。

「それがって？　何が？」

「何がって、高校のことよ。」少し腹を立てたかのようにサクラは言った。それは、微かにしか感じ取れないものであったが。自分自身に腹を立てているんかも知れないと、なぜか大沢は思った。大沢にしては勘が働いた。

「いいって言ってもね、何がいいかって、分かんないもんじゃない？」そこまでは大沢にも、ぎりぎり言えた。そして、ふと思いついて言った、

「ねえ、同《おんな》じ高校に行かない？　行こうよ。」

サクラは不意をつかれたようだった。そして、赤くなった。大沢自身、言葉にしてみて、それもいいんじゃないか、と思った。一緒に同じ高校かあ。

「考えてみてよ、椎名さん」と口を継いだ。

サクラは黙ってしまった。黙ったってことは、少しは考えてみる余地があるってことかな、と、少し、サクラの心が動いたような気がした。

その後、高校の話には触れずに、二人で、公園で遊ぶ幼稚園くらいの小さな子供たちと、その母親らしき人を見ていた。三本もある大きな、枝振りがいい樹が紅葉して、強くない光を浴

びて綺麗だった。公園を囲む塀の一部には灌木の植え込みがあり、それも綺麗だった。大きなのは南京ハゼ、灌木はドウダンツツジだという名であることは、大沢が知るはずもないことだった。

木とかをゆっくり眺めることなど自分にはなかったな、と思う。町中の公園と言えば何処でも遊ぶところだったし、中学になってからはほとんどご無沙汰だ。そもそも、じっと立ち止まったりベンチにかけて何かを眺めたりするなんて仕方が身に付くような暮らしをしてこなかった。

暫くして、大沢はサクラに言った、

「おばあさんにケーキ、買って帰ろうか、俺、今日、金あるんだ。」

「おばあちゃんは饅頭のようなもの好きだけど、偶《たま》にはケーキもいいかも。でも、この辺りにはケーキ屋、ないわよ。」

「ちょっと遠いけど、ケーキ屋に回ろうよ。」

「あら?」と声がした。大沢がケーキの支払いを済ませて、サクラが持っていたケーキの箱を、「俺が持つよ」と言ってサクラから受け取ろうとしていたときだった。振り向くと、声の主は菜々子だった。

「ああ」と大沢は小さく言った。一瞬、頭が白くなり、何を言えばいいか分からない。

「今日はおデート？」

「えっ？」大沢は声にならない声。

「ああ、菜々子ちゃん、ちょっとおばあちゃんに頼まれて。」こう言ったのはサクラだ。

「おばあさん、お元気？」と菜々子。

「うん、いつも通り。けど、今日は寒いから散歩しないって。」

「ふうん、今日はいい日和《ひより》なのにね。」そう言うと菜々子は、ガラスケーキの方に身を屈め、どのケーキにしようか、熱心に探すような素振りに転じた。もう、あなたたちに関心はないわ、というところか。

「じゃあね」と大沢とサクラは言って、店を出た。大沢は何だか顔が火照《ほて》っているような気がした。サクラがどういう顔をしているか知りたいと思ったけど、サクラの顔を見る勇気は出なかった。ふと横を見ると、店の駐車場脇に菜々子の自転車があった。大沢がよく知っている自転車だ。よく知っている、それはどういうことだろう、と一瞬思った。

サクラの家を辞してからの帰り道のことだ。大沢は考える。菜々子とサクラとは何から何まで対照的であるような気がするな、と。菜々子を相手に軽口を叩くのは楽しく、癖になっていた。だが、考えてみると最近、そのお喋り、菜々子に「大沢君の減らず口」と言われるものが少し減っていた。いや、会えば今でも盛んに言葉を浴びせるのだが、その機会が減っていた。一方、サクラのことを考えることが時々あった。以前は全くなかったのに。ただ、これにはもちろん、サクラの祖母の気持ちやサクラの母の大沢への頼み事などが関係しているのは間違いなかった。そして、また菜々子のことに戻れば、菜々子のことを考えるとか想い浮かべるとかするかと言えば、姿が見えないときには菜々子のことは忘れていた。学級新聞をどうするかという宿題が顔を出すときは別だったが。

こういうことを考えながら、気になるのは椎名の方なんだな、と大沢は初めて気づくというか、自覚した。自分の性格からして、相性がいいのは菜々子であるはず、と思ってみたけど、その相性とは何か、分からないものに思えてきた。

大沢君が菜々ちゃんに好意をもっているのは見え見えだよ、と香澄に言われたことを想い出した。あれは、軽口を叩ける場の雰囲気が好きなんだな、と思った。その雰囲気を作り出す相手としては菜々子がぴったりだ。だけど、それは菜々子という女の子の中心をなすものではない。菜々子が菜々子だ、ということにそれほど関わりないことではないか。俺が見ていたのは菜々子でないし、好んでいたのは或る気楽な場だったんだと、悟るところがあった。それでも、菜々子は明るくて気だてがよくて、誰とでも仲良くなれる、素敵な女の子に変わりはない。そして、そのことは十分すぎるほど見ていた。だから好きだったんだ。けど、気になってしょうがない、というのは、また別のことなんだな。

で、俺自身の中心って何だろう？　俺の俺らしさって、無駄口叩くことでもないだろう？　何か芯になるもの。——これから探すかあ。

そう言やあ、椎名は……何か手応えがあるものをもっている。けど、残念ながら、母親が言うように世間にか何か知らないけど、遠慮がある。自分を空に向かって伸びやかにするというか、そういうことに不慣れなんだ。少し寛いでいるように思えるときの椎名は、何だか魅力的というか、明るくなった顔が光を発している。

俺、今度、椎名のことを「サクラちゃん」と呼んでみようかな。それとも、「サクラさん」の方がいいかな、あの子、大人っぽいし。いつか「サクラ」って呼ぶこともあるかも知れない。菜々子を「菜々っ子」と呼んだりするのと違った意味で。

大沢は、サクラが高校進学へと心の向きを変えることを確信していた。それも、何となく取りあえずは高校に行く、という気持ちからではなく。やりたいことを見つけるため、それを一生懸命にやるために。

俺たち、みんな中学時代の真ん中にいるんだよね、さあ、これからだぞ、そう思った大沢は大股ですたすた歩き始めた。

凧《たこ》揚げ

1.

「ねえ、白川さん、今度の日曜日、矢田の川原で凧揚げするんだけど、一緒にやらない？」

「凧揚げっ？　あなた、小学生？　もうすぐ二十歳《はたち》になろうという人が、凧揚げだなんて。」

絵理は、急に声をかけてきた、ぼさぼさ頭に、何言ってんのこの人、と思いつつ、即座に答えていた。同級生というか同学年の男子ということは分かっている。けれど、名前が何だったたか、森、って言うのだけど、直ぐには出てこないほど。こんなに誘われるような仲ではない。

「いやあ、凧揚げって　奥が深いんだよう。ごめんごめん。突然に声かけて。けどさ、凧を揚げるっていうのはね、風と一緒に大空を自由に飛ぶということなんだよなあ。で、いろんな風があってね、その風を読むというのが楽しいんよ。」

あ、そう、と言いかけて、何を言えばいいかも分からず、相手の顔をまじまじと見る。と、ぼさぼさ頭は続ける、

「酷く手強《てごわ》い風でも味方につけることができるときなんて、ぞくぞくするんだよねえ。凧を揚げると、爽やかな自由を感じるよ。だから好きなんだ。」

「ふうん、そう。大袈裟ねえ、凧揚げくらいで。で、なんで私にそんな話、するの？」

「まあ、そこんとこ、いいじゃない。誘いたかったから誘ってるって決まってる。」

まあ、図々しいわねえ、と思いつつ、それは声に出さず、絵理は言った。

「あのね、私、甥っ子の凧揚げに付き合ってあげたこと　あるんだけど、正月だったわねえ。このお花見の季節に凧揚げなんて聞いたことがないわ。」

「いやあ、春って風が強いから、凧揚げには絶好の季節なんだよ。それに暖かいし。雲雀《ひばり》も啼いてね、高い高いところで。雲雀と凧と、高さを競うのも楽しいもんだよ。」

「ともかく、お・こ・と・わ・り！」こう言って絵理は、もうその話はお終い、というふうにそっぽを向き、昼食のあとずっと読んでいた本に目を落とした。ああ、もう、あまり昼休みは残ってないけど。三限目も授業あるのよね。

2.

「おい、森。おまえ、白川に話しかけていたようだけど、白川なんかに興味があるんか？止めとけ。あんなんに捕まったら、人生　暗いぜ。」

「ねえ、あんた、あんたこそ白川さんに気があるんじゃないの？　そいで、森君を近づかせないよう、とかしてたりして。」

「馬鹿言うなよ。あんな、今時スマホも持たずに、いつも大学ノートを持ち歩いて何かびっしり書き込んでいる女なんて、敬遠だね。」

3.

爪揚げって、どういうことなんだろう。大学生が爪揚げ？　それに、なんで私なんかに声をかけるの？　どちらもおかしいわ。変わってる、森君て。

そりゃあ、変わってるのは私が一番かも知れないけどねぇ。

三限目の授業が終わって、さあ帰ろ、今日はもう授業はないんだもんね、と早々に大学の裏門を出て、車が余り通らない道を選んで、大学の最寄り停留所の一つ先のバス停留所に向かって歩きながら、絵理は思う。森の誘いのことがすっかり頭から消えているわけではなかった。

私って不器用なのね。人とどう付き合えばいいか、分からない。だから、独りでいる方が気楽。確かに、淋しいなって思うことはあるわ。でもねえ……。

それから、遠い記憶が甦《よみがえ》ってきた。

凧揚げかあ。小《ちっ》ちゃいとき、冬休みになると、お兄ちゃんと遊んだな。上手に作ってくれて、よく高く揚がった。誇らしかったわ。

絵理、凧糸を持つときは手袋を忘れるな、と、いつも念押ししてたわね、糸で手を切っちゃうぞ、って。

高く飛ぶ凧の糸って、強くて……。ほんとに、下手《へた》すると、糸でなくって、手の方がちぎれそうだった。

で、思う。

私、もうお兄ちゃんが死んだときの歳《とし》を超えちゃった。

溜め息とも、歩くのを止めたときに入れるひと息ともつかぬ呼吸をしている。

お兄ちゃんって、絶対、自分から死にに行ったんだわ。お父さんもお母さんも、みんな事故だと思っているけど、私、知ってる。あれは、雪崩《なだれ》が起きると分かってて行って、そして、わざと雪崩が起きるように思いっきり叫んだりなどしたんだ、って私は思っている。私独りの考えなんだけど。運を試しに行ったのかも。死ぬも良し、もし生きて帰れれば、そのときは……、と。

絵理はこれまで何度考えたか知れない。兄にとって、あの山に行ったのは賭だったに違いない、と。

絵理は未だ中学生のとき、兄のノートの切れ端を偶然、読んだ。丸めて屑籠に入れてあったのが、ゴミ捨ての袋に移し替えようとしたときに転がり落ちて、何だか気になって、そわそわして皺を広げて、後ろめたい気持ちで読んだ。その頃はもちろん、兄は未だ生きていた。そんなに遠くない先に、若い身空で死ぬなんて考えもしなかった。ノートの切れ端の文章は、こう読めた。

この胸の苦しさ。
冷たい！　風がびゅうびゅう吹いている。
翔子さん、どうしてそんなに　いつもポツンと独りでいるの？
ぼくにくらい、心を開いてくれたっていいじゃない。

で、絵理は兄の高校の文化祭のとき、翔子さんを探しに行った。翔子さんっていう人、どの人ですか、って聞いて回って。振り返ってみれば、よくそういうことができたな、って思うけど、絵理はどうしても見てみたかった、兄の心を占めている女の人が　どういう人か。兄が亡くなった後、そのときのことを何度も想い出した。

あら、白川君の妹さん？

って、あの人、翔子さんは相手をしてくれた。

私ねえ、小学校のときから、いつも引っ越しで、転校ばっかりなの。何回やったか分かんない。だからね、だあれとも友だちにならないと決めてるの。すぐに　さよならするんだし。

心を空っぽにしておく方が、薄情な方が、楽なの。

……

それにね、あなたのお兄さん、白川君の、がらんどうの心を埋めることなんか私にはできない。いえ、支えてあげることなんて誰にもできないのだと思うわ。広《ひろ》い広い原っぱで強い風の中で立って遠くを見てる、そういう感じで白川君はいるわ。

そう言いながら、翔子さんも淋しそうな目をしていた。

なんで、みんな　お馬鹿さんなんでしょう。淋しければ仲良くすればいいじゃないの、と絵理は思った。怒りたいくらいだった。

けど、大馬鹿の大馬鹿はお兄ちゃん。なんで死ななきゃならないようなことがあったのか、分からない。ただ失恋とかいうのとは、きっと違うわ。失恋だけで死ぬわけないでしょ。

翔子さんと話した後、絵理は実は、よくないことだと分かっているのに、兄の日記を時々盗み読みした。地味な大学ノートに、案外と綺麗な細かい字で書いてあった。それが、どんどん増えてゆく。

今日、兄の記憶が呼び覚まされて、絵理は久しぶりに当時のことをまざまざと想い出していた。

書くことでお兄ちゃんは気持ちを宥めていたんでしょうね。けど、却って苦しくなるんじゃない、って当時は想ったけど、お兄ちゃんに言うわけにはゆかず。

翔子さんへの想いが何度も何度も綴ってあった。だけど、翔子さんの心が得られないから辛い、苦しいのだろうけど、もしかして、何か分からない、どうしようもなく虚しく、淋しい気持ちを翔子さんにすがることで乗り越えようとしたんじゃないかしら、とも私には思えた……。けど、そういう淋しさって、どんなもの？

淋しい。この孤独感は、独りでいるとか、そういうこととは関係ない、人生の淋しさだ。何か人生をかけて追い求めるもの、憧れるべきものが見つからない。憧れることに憧れて、空回りしているのが、ぼくだ……。

何のために生きているんだ、ぼくは。

翔子さん、ぼくのそんな感じ方を分かってくれるんじゃないかと思うんだけど……。違うのかな。二人で心通わすと、生きることの秘密が見つかるような気がする……。翔子さんに　どうしても心が惹かれる。


「憧れることに憧れる」というお兄ちゃんの言葉は今でも覚えている。憧れ。憧れという言葉の輝きは私にも分かる。けどね、実際に憧れで心を満たし、生きることを素晴らしいものにできるというのは別のことなのよね。私だって、もしかしてお兄ちゃんと同じように何かを探しているのかも知れない。大学ノートを持ち歩いているのも、何か私の心を震わせるものを見つけようと、それを捕まえ損なわないようにと、そういう気持ちでなのかも知れない。

けど、そんなふうにしてると、却って見つからないのかも。それも分かってる。若すぎるのよ、何も知らず、どうやって見つけると言うの？　馬鹿ねえ、今の私には分かる。――と言っても、分かるけど、じゃあ　どうすればよいか、それはやっぱり分からない。そうなのよねえ。

それにしても、翔子さんって　感じが良い人だったわねえ。お兄ちゃんが惹かれたのも成る程ね、って感じ。翔子さん、いま　どうしているんだろう。もう二十三？　社会人として働いているんだろうね。誰かのお嫁さんになってる？　そんなことは未だないか。

そう言えば、こんなことも言ってたわね、翔子さん、

人を好きになるなんて、人を悲しませることになることもある、ねえ、そういう気がすること、なあい？

どんな気持ちだったんだろう、お兄ちゃんが亡くなったって聞いたときは。事故のニュースが小《ちい》ちゃくテレビの地方ニュースで流れたわ。好きだって言われた男の子が、急にこの

世の中からいなくなって……。

4.

一方、森は考えていた、単純な男だから。

凧と言えば風だよねえ。風を捉える帆掛け船のお話なんか大好きだし、風と戦い、風とともに進む船を操るのには憧れる。けど、とてもじゃないが自分には縁がなさそう。で、凧なんて子どもの遊びでしかないと言われれば、そうさ。けど、風を強く感じるのは　わくわくするよ。

木の葉が揺れるだろう？　川には細波《さざ》が立つ、雲が流れる……、顔を冷やして風が通り過ぎる、どれも素晴らしいじゃないか。

風は自由なんだよな。荒々しく叫び、かと思うと、優しく優しく、何もかもを撫でてゆく。動く光や水も好きだけど、光が動いて綺麗なのは風が木の葉を揺らすときの木漏れ日だ。水も、風が波を引き起こすときの動きこそ素敵なんだよね。そして、波が燦めく。風が水と光を操るんだ。そのとき、きらきらと風が見えるようだよ。

何とか絵理を納得させなければ、という気持ちがあるのに違いない。で、心の中で独り言を言う、練習するかのように。尤も、そんな言葉は気恥ずかしくて、口にすることはできないな、とも分かっている。

凧揚げは——、手に握りしめる糸に風の息を感じるだろう？　その息に合わせて手綱を取って、凧を膨らませ、空に舞わせるんだ、広い広い空でね。爽快極まりないよ。風にはなれないけど、気分は風。

それから想う、

それにしても白川さん、いつもひっそりしていて、しっとりした眼をしているのに、言葉は勝ち気な女の子のような口調だったな。けど、あれは虚勢を張ってるんかな。そんな感じ。防衛態勢というか。誰とも関わりたくない!って主張するための。

なんでいつも独りでいるんだろう。気になって　しょうがないよ。

5.

「おい、森よ。白川を誘うのは諦めたんか。一度　断られたくらいで、めげるなよう。」

「何、言ってるのお、いい加減ね、あんたは。この前、付き合うと大変なことになる、止《よ》せ止せ、と言ったのは誰よ。

ねえ、森君、このお調子者の言うこと、本気にしちゃ駄目よ。けど、白川さんって、女の私の目から見ても、確かに気になる。あれは、わざと　あんなふうによそおっているのじゃあないわね。ほんとに何か、もっと知りたいとか、心を開かせ、守ってあげたい、っていうふうに思わせる風情があるわね。男の子だったら気になるのも　分からないわけじゃない。」

「へえ、じゃあ、俺も気にしていいのかい?」

「何、馬鹿言ってるの?　あんたなんて波長が合うわけないでしょ。さあ、行こう。行くわよ。」

6.

絵理は大学入学後は、独り暮らし。もう二年目に入ったところ。授業は始まったばかりだ。すっかり馴れた。大都会にある大学ではないので、そこそこのんびりした雰囲気もあって気に入っている。料理もよく作る。独りで食べるというのは何だか張り合いがないけど、気儘にできるのはいい。大学では沢山の友だちができるかと思ってたけど、案外そうでもなかった。アルバイトに精を出している同級生、稼いで旅行に行くんだという子もいれば、下宿生で仕送りが少ないから頑張らないわけにはいかない生活ができない子もいる。アルバイト先でできた友だちの方が大学で知り合った子よりは気が合うという子もいる。絵理は家庭教師のアルバイトだから、そのようなことはない。家庭教師は一つだけしている。最初は二つ、勢い込んでやってみたけど、両家の時間を調整するのが難しいので、一年生の秋に一つはやめてしまった。半年でやめて申し訳ないと思ったけど、そんなに惜しまれもしなかったような、いや、やっぱり惜しまれてやめたような。よくは分からない。

それから、同級の女の子たちのけっこう多くは、恋愛に興味があるらしい。その方面の話をぺちゃくちゃやっている。ただ、そんなふうにお喋りをしている子は、未だ本格的な恋愛とは遠いのらしい。品定めをしたり、ちょっとだけ憧れてみたり。自分のことも含めた噂話になるみたい。

絵理は本をよく読む。大学から借りるよりは、市の図書館を利用することが多い。ということは、勉強のために読むというよりは、趣味の読書の方が圧倒的に多いということだ。あれこれ選んで読むというのは、とても贅沢なことだと思っている。春休みあたりから、新学期に向けて授業に関係ある本を一杯読まなきゃ、読むぞ、とは思ったものの、やはり、どうしても面白い物語の方に目がゆく。もちろん、春先は心弾む季節だし、家に籠もらず、大学のキャンパスの緑が一杯のお気に入りの広場というか、ちょっとした樹木園のようなところのベンチで木立を眺めたり、アパート近くの公園に行ったりもする。だが、そんな場所でも独りのときがほとんどであった。

で、このように相変わらずゆったりした時間を楽しむ暮らしをしながらも絵理は、このところ、ふと兄のことを想い出して、時々しんみりしてしまうのでもあった。森に声をかけられ、凧揚げを誘われたのが切っ掛けであったのは判っきりしている。

この頃、しきりにお兄ちゃんと翔子さんのことを想い出す。お兄ちゃんが亡くなったのは、今より少し早い季節だった。急に暖かくなった冬の終わり。

家の中はひっそりしていた、兄が突然に亡くなった衝撃で。父も母も事故だと思いこんでいた。私にだって、実は本当のことは分からない。けど、私はお兄ちゃんの死が単純な事故死とは違う、という確信を胸にしまって生きてきた。もう何年になるかしら。

そして私、お兄ちゃんが急にいなくなってしまってから、何だか生きるのが怖くなっていたような気がするのね。高校生活を無事に過ごして、まあ希望の大学に入って……、それで独り暮らしをするともっと怖くなるか、とも怖れないわけではなかったけど、実際には毎日の暮らしをきちんと一所懸命にやってるうちに、お兄ちゃんのことは考えなくなってきていた。そして、やはり大学生活は楽しかった。新鮮というか、自由というか。何より読書三昧もできるし。

……

けど、ちょっと思ってしまう、今の私も、まだ誰とでも親しくすることを避けているようなな、そういうところがあるのだなって。考えてみれば、この大学で、余り友だち付き合いをしていないのは私だけかも知れないな。

何だか、翔子さんみたいな、同じような馬鹿なことしてるのかも知れない。森君にしても、森君とお兄ちゃんとでは、まるっきり性格が違うようだし、私と翔子さんとでは、これまた違うのだし、状況も全然違うけどね。

人と親しく付き合うのって、やっぱり怖がってるのかな。……切なさや、何か胸が苦しくなるようなことが生じるのは、絶対に嫌、っていうか……。ひっそり静かに、独りでいるのが安全、というような想いっていうか。

……

だけど、だけど、それだとしたら虚しいのも確かみたい。こういう自分は、どこか虚しい、情《こころ》が空っぽな人間みたいな気もしてくる。

……

凧揚げかあ、行ってみようか。森君って、どんな子なんだろう。

7.

「ねえ、ちょっと話していいい？」

「あら、森君、どうしたの？」

「この前、風が強いのは　よかったんだけど、冷たい風でね。陽射しは　やけに強くて、ちぐはぐな感じ。それに、砂埃《すなぼこり》がしてさあ。白川さんが来たら、嫌だあって思ったかも知れないね。ぼく独りで正解だったのかも。」

「砂埃って、河川敷きに運動場か何かあるんじゃあないの？」

「いやあ、ないよ。」

「じゃあ、黄砂じゃなあい？その砂埃。黄砂だとすれば、ちょっと遅い、いや、随分と遅いけど。」

「あ、そうだそうだ、黄砂かな。ともかく春は風が強いからね。」

「なあに、何だか嬉しそうね。砂埃が好きなの？」

「まさか、そんなんじゃないよ。からかわないでよ。いや、からかわれるのが嬉しいな。

……

ねええ、もう一度誘ってもいいかなあ。凧、一つ作ってあげたいんだけど。で、一緒に揚げない？」

「あのねえ、この前、お断り、って言ったでしょう？」

「そりゃあ分かってるよ。だけどさ。楽しいよ。スカッとするよ。気分爽快というやつだね。ちっぽけな悩みなんて消えてしまう。この前、白川さんに〈お・こ・と・わ・り〉っていわれたことだって、ちょびっとは……。

いや、これは、そうでもないか。けっこう落ち込んじゃったからねえ。」

「いいわよ。爪揚げ、付き合っても。」絵理は思わず言っていた。

「本当？　やったあ。」森は頗《すこぶ》る喜んでいる。無邪気なんだなあ、と思いながら、相変わらずのぼさぼさ頭を見る。

「それでね、白川さんの名前、〈絵理〉でしょう？　漢字での書き方も知ってるけど、カタカナで書いても良《い》いい？」

「書くって、どういうこと？」

「白川さんの爪にさ、名前を書くんだけど。カタカナの方が書きやすいからさ。」

「いいわよ。」

8.

「やあ、今日は来てくれて有難う。

さあって、と。これが白川さんの凧。赤いのはね、空が青いから目立つようにね。

最初は低く飛ばしたいんだ。」

「なぜ？」

「ううん、まあ、直ぐに分かるから。

よし！　ぼくは、こちらの凧で、っと。」

「あら、青い凧？　空の色と同じでしょ？　いいの？」

「いや、これで　いいんだ。」

森が持ってきた凧はけっこう大きかった。


小さいとき、お兄ちゃんお手製の凧、大きい凧のつもりで揚げていて、傍《そば》ででっかい凧を揚げる子がいると、やっぱり悔しかったことを想い出す。お兄ちゃんにそのことを言うと、よし、今度は大きなやつを作ってやるよ、と言ってくれたけど、そんなことはなかった。でも、約束破り！と私が兄を責めるようなことはなかった。お兄ちゃんの凧は高く高く飛んだから、結局は凄くご機嫌だった。

ああ、あのときは、もうずっと遠い。遠い遠い昔のこと。私、赤いミトンを持っていた。

毛糸の帽子も被《かぶ》っていた。

9.

「ああ、凧が揚がった。これって、風を捕らえたっていうんだよねえ。風が息をしている。少しもじっとしていないわ。私を誘うみたい。わくわくする。」
絵理は想いのほか楽しかった。

風が私を誘って、さあ、行こうよ、行こうよ、って感じか、さあ、どうだい、うまく、もっと高く揚げることができるかい、って言ってるような。春なんだね。凧揚げってお正月だけものではないわね、確かに。春の風、けっこう冷たいけど、お陽さまは温《あった》かいし。いいわねえ。

「ねえ、楽しいよ、森君。」
そう言って、あれ?と気づく。

「あら、〈エリ〉って大きく書いてある。ちょっと恥ずかしいわよ。」

　……けど、金色の星の形をつなげて書いてくれたの？　赤い凧に合ってるわ。

　ええっと、森君の凧の方は……。

「何？　〈大ス・・ケ？〉。最後の字、ちっちゃいわね。〈大〉という字を大きく書きすぎて入らなくなったの？」

「ああ、これね。ええっとね、ぼくの名前。ぼくの凧だから。白川さんは知らないかも知れないけど、〈大輔〉なんだ。スケというのは車偏に〈甫〉、中国の詩人の杜甫の〈甫〉という字。凧に書くにはごちゃごちゃし過ぎてるから、カタカナにしたんだ。」

「あ、そう。森君の名前が〈大輔〉だっということは分かったわ。だけど、何で最後の文字だけが小さいのよ。何か変。」

「いや、まあ、これでいいの。気持ちは、こもってるんだから。……ちょっと、ずるいんだけどさ。分かる？　迷ったんだよね。」

「何を？　……ふうん、もしかして、馬鹿ねえ。そんなの、……情けなくない？　口では言えないの?」

「分かったあ? そうだね。声に出すのは口からの小さな風みたいなもんだけど、けっこう難しくてさあ。で、大きな風の力を借りて叫びたかったんだけど、それがまた勇気が要って。〈大好き〉ってこと。駄目だね、俺。」

「ああ、やっぱり、ね。……けど、森君って私のこと何にも知らないのに、よくまあ……」

「知ってるから、とかの問題じゃないよ。知りたくなるかどうかが先じゃない? そう思わない?。」

「あ、そう。ふうん、そんなもの?

……まあ、いいっか。

ほらほら、二つの凧、離れていってるわよ。残念でした。」

「いや、同じ空で、同じ風に乗ってるのだからね。ああ、俺、口で言うよ。ね、つきあってよ。これから一緒にいろんなことしない?」

付 1 次兄修明《のぶあき》の遺稿詩二篇

付 2 著者二〇歳の作品集より

付 1　次兄修明《のぶあき》の遺稿詩二篇

別れ

秋の夕暮………。
向うの山に日は沈んでいた。
稲刈りを終えた田んぼにわらくずが
〝ボン〟と燃えあがる。
雑草が露にぬれ、風になびく。
澄んだ小川
やなぎがうつむき、水草がふるえた。

空をみた。
星はなく、月もない。

小さな星が一つみえた。
かすかに輝き、ときどき消え、叉、強く光る。
それは清らかだった。
静かだった。
美しかった。
じっとみつめた。
ほほえみ、そして語った「…………」。
でも遠い宇宙。
はてしない宇宙。
私はどうしたらいいのか。
あたりは暗かった。
夜の空気は冷たかった。
うつむいて、そのままだった。
黒い灰のかたまりが、〝ホーッ〟とためいきをつき、かぼそく虫がなく。
雑草がさわぎ、〝ポトン〟と小川がゆれていく。

暗い向うの木立のカラスが、じっと、こっちをみつめている。

切り株が足をさし、体がしっとりとぬれてくる。

じっと手を組み、黒い冷い土を踏み、炎をみつめた。


空をみ、星をみた。

そしてささやいた。

「さようなら！」

「もっと強くなるね！」

涙が流れていた。

でもほほえんでいた。

秋の夕暮！

淋しい秋！

今はもう遠い昔。


（『黎明』第2号、熊本高等学校弁論部、一九六三年、より）

夜汽車

　学生さん!!
私も見たのです。
都会の空
私も見てしまったのです。
夜の地下鉄、かたく目を閉じ、動こうとし
なかった幼い労働者、男、女
そこに見いだしえたもの　それは
踏みにじられ、引き裂かれ、もがき、
おちいき……　そして
ああ、そうです。

確かに私は、倒れ果てたのでした。
だが、だが　学生さん　私は起ったのです
再び　起ち上ったのです。
見て下さい。
倒れた者が再びたち、起き、そして歩くの
です……　……　……。
意味のないことであっても
学生さん　私を見て下さい。
見て、そして、ほほえむのです。
学生さん

　学生さんは先客だった。
「この席、あいてますか。」
私の問に
「ええ。」

わずかに背をおこし、顔を上げ、うなづき
それっきり黙りこんでしまった。
無造作に髪をたらして、よじれたワイシャ
ツにネクタイをゆるめ、体をくずして窓に
もたれていた。
どこかの遠くの一点をみつめ
その目は美しかった。が、青く澄んだその
ひとみに激しい悲しみがにじんでいた。
白い顔とたてじわ、ギリシア彫刻の鼻すじ
そして、濃く、太い、眉。
それらがその澄んだひとみに一層の憂いを
与えていた。固くむすばれた唇が、
わずかにゆがんだ。

列車は都会のはずれの小さな町の上を走って

いた。やがて、車窓の外には快適な道路が延び工場が群れ建ち、団地が続いた。

遠く広い平野をかけた。

いつか山道にはいり、まもなく海が見えだした。下手の岩膚の蔭に木々に囲まれた小じんまりした温泉町があらわれ、林の中の内海が木立をぬけた日の影にほのかに照り映え、島の松が風と波とにあらわれ、ゆらぐ。

赤、青、緑、こんもり茂った青葉の奥にさまざまな色屋根がくっきりと浮かびあがる。

乳色のけむりが夕日になびく。

列車は大きな駅にとまった。

構内アナウンサーの独得の声が耳に飛びこみ車内は急にざわつきはじめた。

列車の響きと売子の声と人波がとけあう。
いたる所に人がいた。

明るい灯の下のその人たちは、皆
まぼろしの中の人のように不思議な色に美し
い。ホームの向うに赤と黄の、それでいてた
くましい電車がいる。
その影に大きな黒い包を背に負い
おじいさんがぼんやりたってた。
あたり一面にバックがちらばっている。
座席はほぼ一ぱいになった。
斜めうしろの席、若い商人が男たちと
いっしょにすわりこんだ。
　列車が駅を離れてふりかえると、男は連れ
ものとしきりに話しこみ、大きく笑った。

「ン・20・30・ん・5ナ・230・
ううん、じょうずなウウン　あハハハ。」
わけはわからず私も笑っていた。
男はラジオを取りだし、ダイヤルをひねり
　熱心に新聞をひろげた。
私の隣には中肉中背、目のふちにきずのある
色の浅黒い男がすわっていた。
学生さんの隣には若い娘さん。
男はウィスキーを飲みだした。
ポツリポツリ南京豆をかじり、ゆっくりまる
で惜しんでいるのかのようにチビリチビリと
飲んだ。娘さんをじろじろみながら飲んだ。
娘さんはやがて目を閉じた。
学生さんは　静かに目を閉じ　何かをもとめ
ただ、窓にもたれていた。

列車は夕日に朱い人里を走っていた。

私は手洗いにたった。
小さな女の子が一人そこにいて、私を見、
一瞬驚き、にっこり笑った。
私も思わずほほえみ　水を汲んでやった。
女の子は手を洗い、大きな手拭いで手をふき
ながら、大きなゲタをカタコトならし走って
いった。地味な和服を着た大柄な、その子の
母さんらしい人がにっこりその子を迎えた。
部屋の中からときおり低い笑い声がもれた。

さまざまな人
私はそこに小さいながらも、安定した平和

な社会を見いだした。
学生さんも、不良の「奴」も、ああ、
あの若い二人も、やさしい母もそして子も
みんないつまでも幸せに。
私は祈った。
そうして皆にほほえみかけた。

日は沈み、遠くに暗く松林がつづいた。
室内にはやわらかな灯がただよっていた。

その日
人の知らない　ひかりなき町
月影の道　夜の木蔭　まどの灯
のくたーん　口笛が

澄みきった星空　静かに　静かに
冷たく、たとえ意味のないことであっても
私の心は静かに燃えていた。
そして深く　深く沈んでいった。

手にした本がすすまない

外は全くの暗闇だった

遠く近くに灯がちらつく

ふっと町なみがあらわれ　去った。
自転車の男が一人　　鈍い光の下　犬に曳かれ
列車をながめている

自動車のライトが　スー　と浮かび上がる
そして　ふたたび　闇の中に　音もなく
消え　去った

黒い冷たいかげがあとへあとへと消えていく
車内はやけに蒸し暑い

列車はいずこへか走りつづけた。

私は再びふらりとデッキにたった。
トビラの外に闇の空気が冷たく流れ
心はひきしまる。
細い霧のような雨が散り、遠く遠くネオンが
濡れる。　　　乗客は静かだった。

スピードを加えた夜汽車は低いうなりをたて
静かに走りつづけていた。
汽笛が高く短く鳴る。
列車はとある小さな駅を通過していった。
ガランとした駅は明るかった。
それだけになお不気味であった。
それも一瞬のこと、駅は黒く覆い被さる電線と
うつろに光るレールとにおおわれ、
みるまに闇に去り、消えた。

霧雨に濡れたトビラ
映った顔が途絶えがちにゆれる。
あの日　雨
喜びの日　紫の雨が振っていた
その　雨　今は紅にそまり

雨　　雨が降ったらいいな
雨だれがおちる
指にくだけ　ほおに濡れ　からだじゅう
冷たくなり　こごえ
なすすべを知らずもだえ
そのはてに恐ろしいほどに、不気味なくら
いに、表情のない顔がゆがんでいた。
そしてさらにそれはいつか弱々しいほほえ
みに変わっていた。
眼前、「パッ」と明るくなった。
「ゴウオー」耳を圧した。
列車である。動く手、足、轟音、
体がすくんだ。そして　私は、みた。
走馬燈　まばゆいその光に　遠い日々
いや、高い高いあまりにもへだたった

歯をかみしめ、激動!!　錯乱!!
胸が、目が、高鳴り　眩む
私は必死だった
二人は血みどろに戦いつづけた。

握り締めた拳ががくがく震えていた。
いつかあたりは真暗となりはるかかなたに
鳴りわたる汽笛がかすかに残っていた。
疲れ果てた姿がそこにあった。

突然!!　私はトビラに手をやった。

「飛び降りろ!!」

何かが　叫んだ。

周りにはだれもいなかった。

学生さんはあの窓にもたれ

うづくまっていた。　私はくるい
激しく体を壁に打たせつづけた。
——ナゼデス、ナゼデス——
——ナゼナンデス——
壁にたただただもたれていた。

ふと、気づいた時、学生さんはもういなかっ
た。私はいつか眠っていたらしい。
男もいなく、娘さんは大きなえりまきに深く
身をつつみ小さくなって眠っていた。

寝しずまった部屋のぼんやりと明るい
その光の下に何かをさがしもとめる私は、
学生さんが置いていった小さな青いノート
を目にした。手にとると、小さな紙片が

一片「ヒラリ」と、床におちた。

いづくへか、我に帰った時
夜汽車は狂ったように、高い汽笛を上げ
不気味なうなりを立て、いづくへか
いまだ暗い闇の中を驀進していった。

神よ我をみまもりたまえ

（『黎明』第2号より）

付2　著者二〇歳の作品集より

房代さんの死

「房代さんが、亡くなられましたなあ。」

「はあい、急なことで。どうせ先は長《なご》うはなか、とは分かっとったですばってん（けれど）、死ぬときはいつでも急なもんに感ずるもんですな。」

「ほんなこつ（本当に）なあ、あっと云う間でしたな。この前、病院から帰って来《こ》らしたて（という話でしたろが、あれから造作もありませんでしたなあ（大した時間もかかりませんでしたな*）。」

「はあ、やっぱりなあ。も、ちょうっとは大丈夫て思うておりましたばってん、分からんとが（分からないのは）、いつ死ぬかですけん（から）。

ところでな、貴方《ああた》、聞いたな、死に顔ん綺麗かった、て（ということ――伝聞）ですばい（ですよ**）。

嫁御がな、わたしゃ、いっちょん（ちっとも）恐ろしうもどうもなかった、抱きついたってよか如《ごた》った（よいようだった）、て云わすですたい（ですよ***）。」

「はあ、そうてな。」

「貴方《ああた》も知っておいでですけど？　房代さんも弱りがちになって来《こ》らすにつれ、段々、派手好みになって来らしたけんな。嫁御が良う働かすし、以前は不憫なお人じゃったが、この頃《ごろ》は気ままなもんでしたからなあ。」

「ふんふん、あの嫁御は良うできとるもんなあ。」

「で、な、房代さんはな、死なしたときには、きちいんと化粧してな、口紅はもちろん、眉から引いとらした、てですばい。――貴方《ああた》、死ぬまで、鏡だけは離さん人でしたからな。」

「はあ、眉からな。……評判は聞いてはおったけどな。」

「いつからか、始終、見苦しうなか如《ごと》(ように)、て(と)云うて、毎日、下着は取り替えるし、ちょこっと散歩に、というては正装してみるし、病院でも好きなように振る舞わせて貰《もろ》うた、てですしな。貴方《ああた》、そいでな、房代さんの身に着けとらしたつ(の)は、上から下まで、全部、桃色か空色ばっかしだった、てですばい。」

「ほう、……。先も見えるようになり、可愛い孫があるんじゃなし、そうなると人間て、そんなふうになるもんですかいな。

それにしても、嫁御が良う、はいはい云うて、着物でん何でん買《こ》うてやりよらしたけんな。

……ま、房代さんも、今が死に時じゃったかも知れませんな。冬も近いしな。」

「うんうん、冬は年寄りには、きつか(辛い)。

じゃけどな、人の幸不幸なんて傍《はた》(他目《よそめ》)からは分からんしな。房代さんが派手になって来《こ》らしたつも、如何《どがん》(どんな)心からかな。」

「な、息子じょ(息子さん)も、焼香しに帰っておいでた、てですな。」

「はあい、ようまた。最後に親孝行ば為《さ》したですたい。」

「確か、大阪に行っておいでとったとでしょ?」

「いいや、貴方《ああた》、知らんだったつですか?　アメリカですばい、サンフランシスコ。――もう、かれこれ七、八年になるとじゃなかとな。」

「ほう、サンフランシスコにな。……そんなら、ようはるばるにな。――連絡も、ようまた、ついたもんですな。」

「そりゃあ、貴方《あああた》、もう前々から一応は分かっておったし、如何《どがん》どら息子て云うたって、子は子。嫁御がちゃあんと手筈ば整えとらしたっじゃなかとな。」

「ふんふん。――分かっておったと云えば、この前、お盆に病院からちょこっと帰っておいでの時、医者どんの話じゃ、まあ、半年でしょうな、ってことじゃったそうだもんな。」

「はあ、そうそう。じゃけどな、房代さんな自分ではな、わたしゃ後二月《あとふたつき》しかこの世には居《お》らんと、まあ精々、精出して浄土の夢でも見まっしょっ、て云いよらした、てですけんな。」

「ほう、ちゃあんと自分の死ぬ時期は、知っとらしたたい。」

「やっぱなあ。……ほうれ、やっぱりあの盆にな、四つ角の薬局に、あの暑い中を傘差して出かけて、粉おしろいからクリームに口紅に、いっぱい化粧品ば買わした、てだもんな。で、薬局の美砂さんが。目を丸く為《さ》した、てですたい。顔は一《いっ》ちょ（一つ）しか無かとに、って。それから、むごう(非常に)払いの良かことって。」

「はあ？」

「いえ、な、皮肉たい。付けで買わしたってでしょ？」

「あらまあ、何時《いっ》でん、嫁御が直ぐに払《はろ》うてくれよったと、じゃなかとな。」

「いやな、いくら房代さんじゃってな、えれえしこ(沢山)着物は作ってもらうわ、高か超一流の化粧品は使うわ、それじゃ嫁御にも気の毒かろ。だけん(だから)な、半分くらいは嫁御に一口云うてから買《こ》うてもらいよらしたばってん、そいじゃ足らんで、あとは、こそうっとな、掛けで買いよらしたらしかたい。そいで、ちびりちびりとな、貴方《ああた》、嫁御もよう気をつけて房代さんに別に小遣いもやらすけん、そん中から用心しいしい払いよらした、てですたい。いくら気ままな身分になったとは云え、そうそう金が自由になるわけじゃなかしな。」

「まあ、孫がおらんなら、金が年寄りにあったって、遣いようがなかでっしょ。で、康男さん――息子じょは、確か、康男さんてお云いましたろ（名前だったでしょう）？――康男さん、もう見かけんですけど、もうアメリカさん（の方へ）帰られましたとだろか。」

「そうらしかですよ。――そるばってん（それにしても）、如何《どがん》（どんな）商売ば為《し》ようらすもねろ（しておられるものだろうか）。そがん（そんなに）急いで帰らんでもな。よう、久方振りに、自分の家《うち》の敷居ば跨いだったもんに……。

じゃけどなあ、弟の義さんが堅気なんだし、その嫁が義母《おや》に、よう尽くさした、あんなしっかり者だし、そう、長《なご》う寄りつかんだった家に――大体（本当）なら、貴方《あた》、自分が継いで、びしっ、、、と引き締めてゆかなんならんでしたとに、早々におん出てしもうて……――居辛《いづら》かったとじゃなかつかいな。」

「ふうん、康男さんも、故郷《くに》なしのお人になってしまいましたたい。

ところで、益男さん――親父《おやじ》さんの方は、とうとう姿を見せずじまいでしたな。」

「そりゃあ、貴方《あた》、いくら葬式が何でも水に流すて云うたって、益男さんとは、最期の対面もなにも、ありゃあせんでっしょ。凄まじかったけん（から）な、一頃《ひところ》は。房代さんも、よう辛抱なさったたい。飲んだくれの婿どんが、おまけに女《おなご》ばつくるわ、よう家ば空けるわ。そいで、ちいっとばかり親父に似ておる康男さんも、こがん(こんな)じめじめした家《うち》に誰が居《お》るか、云うて、大阪か何処かに飛び出すし、ひょこっと帰ってきては、房代さんに、あんたが悪かっ、て責めて金をせびるし……。ばってん(だけど)、親父も息子も、順々に出てゆきやって、とうとう姿も見せん如《ごと》なって、ちょうど良かったでしたたい。後に残った弟御が、よう働く正直者《もん》で、人望もまああの人ですけんな。妹の君代ちゃんも嫁にちゃあんと出したし、家の整理をひとしきりつけたら、自分にも、今の貴方《ああた》、あの一流の嫁御ば迎えるし。」

「君代ちゃんも、気立ては良かったですもんね。――随分お泣きなはったですなあ、今度の件では。よう病院にも、ちょちょい暇ば見つけては見舞いに来《き》よらした如《ごた》ったっばってん。」

「はあ、……。房代さん、どがん(どのような)気持ちだったろかなあ。精一杯苦労して、辛か目に遭って、そいで働かんでよか身分になると、一日中、鏡相手に暮らしてな。……」

「やっぱりなあ、浄土の夢でも見るより、仕方なかったとじゃなかろかな。……着物でん(でも)化粧でん、そんための支度のつもりじゃったかも知れんでっしょ。」

「息子も娘も、そう親に尽くしてくれると云うても、有難いこっじゃと思うても、独りで生きにゃあならん、って気持ちもどっかあるもんだしなあ。」

「どれどれ、孫の世話ばし焼きながら、呑気に、ゆたっと暮らしたかですなあ。」

＊　「造作もない」：本来は、大した手間もかからない、簡単という意味。
＊＊　「ばい」：相手に伝える、あるいは主張する、言い聞かせるニュアンスの、「だよ」「ですよ」。
＊＊＊「たい」：自分で言い切るニュアンスの「だ」。ここでは女性の発言だから「ですよ」とするしかないか。

（著者二〇歳の時の作品集『立野《たての》』一九六八年、より）

寸　景——姉・弟——

「潮が満《いみ》って*来よったね。」
「うん。」

ずっ、ずっ、ずっ、ずっ、波が寄せては引く、いつまでも。そして引いちょると見えて、少しずつ波打ち際が近くなってきちょる。……静かじゃねえ。いつまっでん(何時《いつ》までも)いつまっでん見ていて、気づくと海の様子が少し違《ちご》うて来とる。

「渡れなくなったよ。回り道せんといかんね。」
「うん。」

緑色じぇ、今日の海ん色。緑色じぇ。白い泡が、ぶくぶく不平こぼして、砂に吸わるる。

浜は茶色っぽくなったじゃ。濡れたけど、未だ水に隠れてないんところが。白い、カタカタの粒が湿っぽうなった。──夏はとっくに逝きよったし、秋だって、下手すると通り越しそうでしねい。

「ヒヨドリの鳴きよる。」
「ああ。ふふん、珍しくもなか。」

誰も居《お》らんね。波の跡が縞《しま》。──ゆらゆら鈍く光って、その水がまた崩して……。このままなら良かとに。……不思議かばね、不思議かばね、どんどんどんどん引っ張られる如《ごた》る、自分が。ずうっと。──眠うなって、眠ってしもうたら……。

「帰ろ。」
「うん。……うんにゃ、も、ちょい、待ってくれろ。」

堤防から足ぶらぶらさせて、沖でも見やれ。

ふうん、風はなかけど、もう日向《ひなた》ぼっこにはならんわ。このコンクリート、もう温《あった》かくないもん。冷《さ》めよった。……お陽さまも寒いんかな、西の海さん(の方へ)果《はっ》てて行きよる。

……

きらきら、波が眩しいねい。群青色したずっと向こうに、ぶわりぶわり、畳のような奴が、浮いとるとだ。その周りば、ちびが、びしょびしょ泳ぎよる。

「健ちゃん、何、考えとるとね。」

「海ガメ。」

「はあはあ、やっぱり！　何ね、まだ惜しかつね。もう忘れた忘れた！――しょうがなかねえ、考えたって同《おんな》じよ。また来年、来年の夏まで。……ねえ、来年もまた、やってみると？」

「沖ん水、取って来んとな。死んだつは、沖ん水ば入れちゃらんだったけん(から)。――せっかく、ぶよぶよのピンポン球から孵《かえ》ったち。」

「なあ、あれだけ大きくなったから良かたい。どうせ冬になったら寒うて凍え死ぬけん。早《はよ》う逝きよったが良かったばね。」

「じゃかあ(否)、たった二月《ふたつき》じゃて、良かもんか。」

「けど。元気すぎるくらい、よう暴れよったけん、……な。十分、楽しう生きたよ。」

お陽さん、雲隠れたら困るなあ、ちょっと寒いんよ。

「……子ガメのくせして、あの顎、恐ろしなかった？　刺身もよく喰うたけど……、ふふふ、なあ、健ちゃんの指なんて、一口よ。大切、大切（大変、大変、触らぬ神に祟りなし）。」

「馬鹿、云わんでよ。……如何《どがん》か（どうにか）して沖ん水、取って来《こ》なん。……死なかしたもんなあ……。同《おんな》じ海の水じゃのになあ、姉ちゃん、やっぱり、生命水《いのちみず》は決まっとるねい。」

ああああ、そろそろ舟が出てゆく準備じゃね。発動機の音が、ポンポン、ポッポッ……。

「健ちゃん、来年も卵、産みに来るだろか。……来るよね。来るなら、三年続きだね。」

「この前の親ガメ、去年来《き》よったのと同《おんな》じだぞ。来年も必ず来るに決まっとる。この浜、忘れはせんと。」

「へえ、同じカメねえ。どうして分かったつ？──分かるはずはないですよう。」

「じゃかあ。沖さん(の方へ)帰ってゆくときの、ハアハア言うて歩く恰好、間違いなかじぇ。大《ふと》さも、二尺近《ちこ》うあった。あん顔、よう覚えとる。」

「まさか！　夢で、思いこんどるんでしょ。赤か眼、しとったろ？」

「涙ば、ぼろぼろ出したつ、姉ちゃん、知っとるか？　俺は見たじぇ。——卵産《も》つのも、きつか(辛い)じゃろねい。」

ぶはぶはぶはぶは、南ん島ば泳ぎよっとだろか。……淋しうなったな。椰子の木の下ん浜に、今頃、卵、埋めよるかも知れんな。

ああ、カラスが飛んでるのかいな。灯台の手前ん畑は、この前焼いたけん、見苦しうなった。……灯台の下、やけに、波、荒いな。

夏休み、よっちゃんとこの、大阪の従兄ん人、わしもアワビ採りに潜りたか、云うてきかん(云い張る、人の忠告を聞かない)、危ないぞって止めるのに苦労したとう、って、皆、笑《わろ》うて話しよったな。

「来年もきっと浜に上がるな、親ガメ。」

「さあ、お月さんが出ればね。――今年は、台風が少なかったけん、十五夜んとき晴れたからね。」

「……来年な、卵、そんままにしとこうかねい。……また死なかしたら、可哀想だもんね。」

また、ヒヨドリの鳴きよる。よう騒ぐこつ。西崎のおじちゃんとこの渋柿喰って、舌《べえろ》がざくざくしよっとだろ。――潮も随分、満《いみ》ったばね。波も荒《あろ》うなった。


「風の冷とうなったね、帰ろ！」

「なあ、姉ちゃん。」

「なんね。」

「やっぱり就職すっとか？」

「しょうがなかたい。」

「……高校じゃって、家《うち》からは通えんしな。」

「高校も……行きたかけど、――もう勉強せんでもいいしな、と考えることにしとるよ。」

「勉強したか……っじゃなかとね？」

「商業高校だったら、為になるだろけどね。下宿せんといかんから、無理よ。」

「就職したって、出てゆくとだろ？」

「そうだけど。住むところ、何とかなるみたいだけんね。」

「他県《よそ》さんな行かんが良かねい。同《おんな》じ県だったら、何時《いつ》でん、帰って来られるばね。寺沢さんとこの珠恵ちゃんも、よう帰ってくるだろが。」

「そうね。——城前家《しろまえや》さんちゅう、お菓子屋さんとこに行こか。水飴ば最初には作ってたんだって。」

「水飴なら、紙芝居のおじさんも売っとるけど、あんまり儲からんよね。」

「きっと、そう。だから、城前家さんでは、今は沢山の種類のお菓子作ってるって。」

「そんなら、姉ちゃんのお土産、いつでもお菓子じゃね。——城前家さんって、お城の前にあるとだろか。」

「よう知らん。……じゃけどね、どうせ家《うち》離れて働くんだったら、いっそ名古屋さん（の方へ）行っても良かね、とも思うときもある。……けど大都会は恐ろしかろか。」

渦巻いとるわね。……海だって、どおん、どおん。夜は恐ろしかばね。何処だって、何処だって。

「なあ、水飴って、唐芋《からいも》から作るって、本当《ほん》なこつかいね？」

「さあ、何でね？」

「唐芋だったら、家《うち》の芋かも知れんぞねい。和ちゃんとこも、車何台分も積んで、持ってくじぇ。」

「馬鹿。……あああ、どっちにしようかなあ……。」


いよいよ寒うなったじぇ。お陽さん、早《はよ》うから冬支度じゃ。……あれ、よっちゃんとこの舟かいな。明日《あした》ん朝は、がっつ(魚の名)ば、びっしり積んでくるぞ。


「もう四時は過ぎたろね。半、あるかいな？」

「帰ろか。──今日はあんたの番だったろが、健ちゃん。ご飯焚くの。」

「じゃか！　あ、そうか、昨日《きのう》、姉ちゃん、為《し》よったね。」

「さあ、帰ろ帰ろ、寒くなったけん。」

「うん。……なあ、姉ちゃん、姉ちゃんも、此処ん海の水、持ってったらええよ。そいで、盆正月には、早う帰って来なんね。……水飴の瓶に、俺が詰めてやるじぇ。」

「はあ、知らん知らん。私《うち》、水飴屋さんとこ、行かんから。——そうそう、私、名古屋行って、二、三年もしたら、パリッとした洋服着て帰ろ。——織物家さんじゃけんな、名古屋の工場。健ちゃん、びっくりするよう。」

「馬鹿！　ちぇっ、ここん堤防に、姉ちゃんば置いてゆくぞう。カラスに喰われろ！——ようし、さあ、家まで駆けっ競《くら》じぇ。」

走る！　走る！

「こら、待てっ！」

追っかける。楽に追い越す。

「やあ、姉ちゃん、待ってくれろよ。——なあ！　正月になったら、皿山からメジロ捕ってきてやるけん、待てよう!」

「嘘! 健ちゃんのやんもちに掛かる間抜けなメジロなんか、いませんようだ。——さあ、走れ走れ!」

＊「いみる」:元々は「増える」という意味。

(作品集『立野《たての》』より)

あとがき

私がエネルギーを注いできて、今も注いでいるのは、哲学書の執筆です。なのに、ちょっとした別々の切っ掛けで、この一年足らずの間に、その僅かな隙間で、哲学の文章ではないものを三つ、ちょろちょろと書きました。で、眺めていて、どの作品も、面白い物語のイメージからはほど遠い。事件が起きて、人物が動き出す。すると、この先はどうなるんだろう、と気になる。行動を通して登場人物たちがどのような人間かが分かる。このようなのが読んでわくわくする物語なのに、という自己評価です。そして、読んでくれた妻は、私が書いたものは二昔、三昔前の人々の、素朴で、そう、昭和の香りがする書き物のようだ、との感想。そうか、そこに共通性があるのかと思い、しかし、もちろん三つはばらばらのものです。

そこで二つのものに想いがゆきました。一つは、高校二年の若さで亡くなった次兄の遺稿。その中に、本書の三番目に配した「凧揚げ」に響き合うような詩が二つあるのです。そこで、兄を想い出す縁《よすが》、記念としても、その二つを「爪揚げ」という小品の後にもってきたら、どうだろう、と考えてみました。そして並べてみると、それらに登場する人物たちの年齢がさまざまなので、あと少し年齢層が違う人の話があるといいなと感じました。そこで二つめに、自分が二〇歳の学生のときに出した作品集のことを想い起こしたのです。その中に、漁村の中学生と小学生との姉・弟との会話からなる小品と、農村のお年寄りの会話からなる小品があります。違う年齢層の人たちです。しかもそれらは、いかにも或る時代、昭和三〇年代から四〇年代に入ったばかりの雰囲気のものです。

こうして、これらも一緒にして一冊の本にしてみようか、という考えが浮かんだのです。そして、表紙のイラストも、私が二〇歳の作品集のために描いたものを使うといいな、と想うまでになりました。

『めんどりクウちゃんの大そうどう』という挿絵付きの児童書を出版したばかりです。その本では、本書で登場するよりはもっと小さな子どもを描きました。何ということのない毎日を生きている子どもの、特に幸福ということを殊更に言う必要もないけれども、子どもらしく楽しい暮らしの情景を、ニワトリたちとともに描きました。これは二〇一七年の春に、少し気分転換に書いたものを、何とか本の形にしたものです。（実は、ずっとずっと前に、絵本にしたいものはけっこう書いていたのですが、絵本化することは難しいです。ついでに言えば、昨今、子ども向けの本も含め、世の中にはあれこれのメッセージをこめた本が、これでもかと溢れていますが、私は、少しうんざり気味です。）その作品との関連で言えば、この『幸運の蹄鉄』という本は、子どもの季《とき》を抜けたさまざまな年齢の幾人かの人の生活の寸景のようなものを描いた書き物からできています。そこで、この児童書のことも念頭におきつつ、本の表題としては最初の作品の表題をそのまま採用しつつも、「時代」という副題を付しました。というのも――人は人生という、短くも、生活の有り方が少しずつ異なってくる年齢を積み重ねて生きてゆき、その年齢ごとに物事について異なる感じ方をします。その異なる感じ方の集積という面から一つの人生をみるときに、人生を象徴する言葉として「時代」という言葉が浮かんできたのです。

二〇一九年五月

松永澄夫

著者紹介
松永　澄夫（まつなが　すみお）
1947年　熊本の農村生まれ。東京大学名誉教授。哲学を創造する年刊誌『ひとおもい』編集委員。著作の中の文章が、高校教科書『国語総合』に掲載のほか、多数の大学、専門学校、高等学校、中学校、更に全国大学入試センターの入試問題として利用されている。
【文芸書】
『風の想い――奈津――』春風社、2013年
『二つの季節』春風社、2018年
【挿絵付き児童書】『めんどりクウちゃんの大そうどう』文芸社、2019年
【哲学書】
『知覚する私・理解する私』勁草書房、1993年
『食を料理する――哲学的考察――』東信堂、2003年
『言葉の力』東信堂、2005年
『音の経験――言葉はどのようにして可能となるのか――』東信堂、2006年
『哲学史を読む　Ⅰ』東信堂、2008年
『哲学史を読む　Ⅱ』東信堂、2008年
『価値・意味・秩序――もう一つの哲学概論：哲学が考えるべきこと――』東信堂、2014年
『経験のエレメント――体の感覚と物象の知覚・質と空間規定――』東信堂、2015年
『感情と意味世界』東信堂、2016年
『哲学すること――松永澄夫への異議と答弁――』中央公論新社、2017年
その他、編著書多数。

幸運の蹄鉄――時代――

2019年10月20日　　初　版第１刷発行　　〔検印省略〕

＊本体価格はカバーに表示してあります。

著　者©松永澄夫／発行者　下田勝司　　印刷・製本／中央精版印刷

東京都文京区向丘1-20-6　　郵便振替00110-6-37828
〒113-0023　TEL（03）3818-5521　FAX（03）3818-5514
発行所　株式会社　東信堂

published by TOSHINDO PUBLISHING CO., LTD.
1-20-6, Mukougaoka, Bunkyo-ku, Tokyo, 113-0023, Japan
E-mail: tk203444@fsinet.or.jp　URL: http://www.toshindo-pub.com/

ISBN978-4-7989-1587-6　C0095　